L'homme en habit de sel

Les enquêtes du commissaire Fleury

www.gesteditions.com

Béatrice Verney

L'homme en habit de sel

Les enquêtes du commissaire Fleury

Geste éditions

Personnages principaux ayant réellement existé

René David, sieur de Drézigué*, maire du Croisic

René Cavaro de Kergorre*, recteur

Augustin Du Bochet*, procureur-syndic

Jean Bocandé de Kerolland*, négociant en sel et miseur

Éric Gardeman*, consul de Suède, négociant en sel, associé de Jean Bocandé

Jean-François Bocandé*, interprète des langues étrangères

Armand Du Bochet, sieur de la Porte*, commissaire de police

Michel Talord*, commissaire de police

Michel Calvé, sieur de Barjulé*, négociant en sel

Françoise Le Bessou de Tesson*, épouse Calvé

Pierre Gaudin*, négociant en sel

Julien Charrault*, négociant en sel, associé de Pierre Gaudin

Christian Van Tarlink*, correspondant au négoce de sel de Pierre Gaudin

Mathieu Papin*, directeur de l'école d'hydrographie du Croisic de 1764 à 1788

Jean Morisseau, un des derniers capitaines terre-neuvas du Croisic

Henri-Joseph Le Peley, sieur de Villeneuve*, sénéchal du pays guérandais

Gabriel-Honoré Vrignaud de Plusquepoix*, lieutenant général de police de la sénéchaussée

Emmanuel-Armand de Vignerot du Plessis-Richelieu, duc d'Aiguillon*, commandant en chef de la Bretagne de 1753 à 1768

Antoine de Sartine*, lieutenant général de police à Paris de 1759 à 1771

Jean Thomas, maître des quais, police du port du Croisic

Nicolas Ruinart*, négociant en champagne dans la ville de Reims.

* *Voir complément d'Informations en annexe*

Note de l'auteur

Si un certain nombre de personnages de ce roman ont réellement existé, l'intrigue par elle-même est purement imaginaire. De ce fait, les propos tenus relèvent forcément de la fiction. Quant aux traits de caractère, ils ont été puisés, dans la mesure du possible, dans des documents d'époque mais ont dû être interprétés pour s'adapter à l'intrigue.

Par ailleurs, le texte a été écrit en langage contemporain afin de le rendre lisible par tous. En effet, le dialecte vannetais parlé par une partie de la population de la presqu'île jusqu'au XIXe *siècle ainsi que le vocabulaire et les tournures de phrases du français de l'époque n'auraient pas permis une lecture aisée de l'ouvrage.*

Le lecteur trouvera en annexe un index des termes spécifiques, une note concernant certains propos, faits ou anecdotes ayant réellement eu lieu ainsi qu'une biographie sommaire des personnages ayant véritablement existé.

« C’est ainsi que le péché est entré
dans le monde par un seul homme,
et la mort par le péché ; et ainsi,
tous les hommes ont été assujettis à la
mort, parce que tous ont péché en un seul »

La Bible

Chapitre I
Une étrange découverte

Mardi 5 juin 1770

– Sacrebleu ! Vous avez lu la gazette ? Incroyables ces cérémonies pour le mariage du Dauphin Louis avec Marie-Antoinette d'Autriche ! Partout, dans les rues de Paris, des illuminations, des fontaines de vin, des distributions de pain et de viande, des orchestres… Et puis, ce feu d'artifice de 130 pieds de haut sur la place Louis XV ! Ce devait être grandiose ! Ah, comme j'aurais aimé voir cela ! s'exclamait Jean Bocandé.

– Sans oublier la représentation de *Percée* de Lully, ainsi que celle d'*Athalie* de Racine, à l'Opéra Royal, mais plus encore, le gigantesque bal masqué de six mille personnes à l'ambassade d'Autriche. Ah, pour sûr, les choses ont été faites en grand, de quoi impressionner l'Autriche mais aussi l'Angleterre et la Prusse. Pas de doute, la France est vraiment un grand pays, ajouta Augustin du Bochet.

– Ah ! pour être grandiose, ça a dû être grandiose, répliqua vivement Nicolas Quémener, jeune officier de marine qui passait là pour rencontrer le maire, mais combien tout cela a-t-il coûté ? J'ai entendu parler de deux millions de livres, c'est exorbitant ! Pensez-vous vraiment qu'en ces temps difficiles, le pays puisse encore se permettre ces dépenses inconsidérées ? J'ai aussi entendu dire qu'il y avait eu des centaines de morts et de blessés lors du feu d'artifice, à cause des bousculades de la fête. Voilà un bien mauvais présage pour ce futur roi.

– Allons, répondit le recteur, ce mariage princier se devait d'être fastueux, vous le savez bien. Le peuple a besoin de ces démonstrations en l'honneur du roi mais aussi à la gloire de Notre Seigneur. N'oublions pas que, par son onction à la cathédrale de Reims, le régent devient roi par la grâce de Dieu et qu'il a été choisi par Lui.

Comme à leur habitude, les notables de la ville se retrouvaient vers midi à la Maison de

Ville, sur la place Dinan, pour discuter des nouvelles du pays. Il y avait là, en ce mardi 5 juin 1770, le maire du Croisic, René David, Sieur de Drézigué, Augustin du Bochet, procureur syndic*, Éric Gardeman, consul* de Suède et négociant en sel ainsi que son associé Jean Bocandé de Kerolland, miseur*, René Cavarro de Kergorre, recteur*, ainsi que les commissaires de police Armand du Bochet, sieur de La Porte et Michel Talord.

La discussion allait bon train sur le faste des cérémonies et sur les perspectives que ce mariage faisait naître chez le peuple, quand un homme essoufflé et agité pénétra précipitamment dans la salle.

– Vite, il faut venir tout de suite, on a trouvé un mort dans un tas de sel sur le port !

Tous se regardèrent stupéfaits : un mort dans un tas de sel ! Pardieu, jamais on avait vu cela. Le petit groupe se dirigea alors en toute hâte vers la place de la Motte, là où avait été trouvé le corps. Après avoir longé les maisons bourgeoises du quai dit de la « Petite Chambre* », ils distinguèrent, de loin, un attroupement à l'endroit le plus reculé de la place. Au milieu du groupe de badauds attirés par le remue-ménage provoqué par la macabre découverte, on pouvait apercevoir un imposant tas de sel à demi entamé[1]. Les notables s'approchèrent et découvrirent, à hauteur d'homme, le buste d'un individu dénudé encastré dans le mulon* de sel. Le corps, placé de face, offrait un spectacle des plus insolites. Ils n'en croyaient pas leurs yeux, chacun se demandant comment et pourquoi une pareille chose avait pu se produire dans leur propre ville.

Augustin du Bochet, procureur, fit aussitôt reculer les curieux. L'homme en question avait la tête rasée et le visage tuméfié, ce qui le rendait difficilement reconnaissable. Ses yeux étaient clos et la bouche fermée. La tête, légèrement inclinée vers l'avant, laissait entrevoir, au niveau de la nuque, du sang à demi délayé dans le sel. Le commissaire La Porte sortit son carnet et commença à noter, à l'aide de son crayon à mine de plomb, les premières constatations : heure précise, lieu, détails de la scène dont il fit un croquis le plus fidèle possible. Pendant ce temps, le commissaire Talord interrogeait les personnes présentes au moment de la découverte du corps. Il commença par celle qui avait trouvé la victime.

– Je m'appelle Serge Dubois, je suis gabarier* au Croisic. Je travaille pour Pierre Gaudin, le négociant, qui m'avait demandé de surveiller le transbordement du sel du mulon jusque dans la flûte hollandaise, le bateau qui est là. D'habitude, c'est lui qui se charge de cette tâche, mais là, il était retenu ailleurs[2]. J'étais donc en train de superviser les opérations, et plus particulièrement le mesurage du sel, quand une porteresse* m'a appelé car elle avait trouvé quelque chose de bizarre. Je suis allé voir et là j'ai pu observer une forme ronde, comme un crâne. Alors, j'ai dégagé le sel à la main et j'ai constaté que c'était une tête d'homme. J'ai bien regardé si, des fois, il n'était pas encore vivant mais non, il était bel et bien mort. J'ai continué à dégager le haut du corps mais je me suis dit qu'il valait mieux aller prévenir le maire.

– Qui était présent quand vous avez découvert le corps ?

– À part moi, il y avait les porteurs et les porteresses qui transportaient le sel avec leur gède* sur la tête et les gars de la *Frédérika*, qui le mesuraient à l'aide du mouët* puis le basculaient dans la cale du navire.

– À qui appartenait ce sel ?

– À Jacques Montfort, du bourg de Batz, qui a ses salines aux marais du Roy, juste à la limite du Croisic et c'est René Daguet, un paludier de Batz, lui aussi, qui récolte le sel.

– C'est vous qui aviez déjà transporté le sel en gabare de la saline jusqu'à la place de la Motte ?

– Oui, c'était il y a un mois, à la demande de monsieur Gaudin.

– À quelle heure êtes-vous arrivé ce matin ?

– Vers neuf heures, quand la marée a commencé à monter.

– Quand vous êtes arrivé, avez-vous vu que le mulon avait été remué ?

– À dire vrai, non. Pourtant, d'habitude quand quelqu'un touche au tas de sel, je le vois tout de suite. Mais là, je n'ai rien remarqué.

– Vous relevez bien le mulon avec une pelle en bois pour éviter que le sel ne s'étale trop sur le sol ?

– Oui, c'est bien comme ça qu'on fait.

– Vous rappelez-vous si, il y a un mois, quand vous avez amené le sel sur la place, il était resté une pelle près du mulon quand votre travail a été fini ?

– Je suis sûr que non ; j'inspecte toujours les lieux avant de partir et là, il ne restait plus un seul outil.

– Ainsi donc, on a pu faire un trou dans le mulon, y placer un corps, puis remettre tout en place, sans l'aide d'une pelle, et sans que personne ne s'aperçoive de rien, c'est bien cela ?

– Ben, faut croire que oui. Sûrement quelqu'un qu'a l'habitude de charrier du sel et qu'avait apporté sa pelle avec lui.

Le commissaire interrogea les porteurs et porteresses puis les marins hollandais mais personne n'avait rien à ajouter. Quand il demanda à voir le capitaine du bateau, on lui répondit que celui-ci était absent et qu'il ne rentrerait qu'en soirée. Il examina ensuite les alentours pour découvrir d'éventuels indices mais ne trouva rien, l'endroit ayant été piétiné par les badauds.

Augustin Du Bochet demanda alors que l'on dégage le reste du corps sans le déplacer. On put ainsi constater que l'homme portait une culotte en taffetas de soie de couleur crème, s'arrêtant au-dessous du genou, comme celles que portaient les bourgeois. C'était là son seul vêtement : pas de bas ni de souliers. Les jambes et les bras étaient à demi pliés.

Le procureur demanda à toutes les personnes présentes de s'approcher chacune leur tour du corps, de bien le regarder et de dire si elles le reconnaissaient. Le défilé, qui se déroula dans un silence religieux, dura un certain temps mais le résultat fut décevant. Seule, une vieille femme s'attarda un peu plus sur le visage de la victime comme si, l'espace d'une seconde, il lui rappelait quelqu'un mais elle se rétracta aussitôt.

Le corps fut alors dégagé et chargé sur une charrette que l'on avait fait venir et acheminé en direction de la Maison de Ville. Tout le long du trajet, de nombreux curieux, alertés par la rumeur, s'étaient déjà agglutinés sur le passage ou se penchaient à leur fenêtre. Arrivé à destination, le corps fut transporté sur une table du rez-de-chaussée, dans une salle jouxtant la halle aux bouchers et le poste de police. Le médecin, que l'on avait fait quérir, examina le corps de la victime. Pendant ce temps, les notables se retirèrent au premier étage en attendant les conclusions du praticien.

Réné David de Drézigué était affecté par ce qu'il venait de voir. Malgré les contraintes de sa charge et son appartenance notoire à la bonne société croisicaise, c'était un homme soucieux du sort de ses concitoyens

Le médecin, son examen terminé, vint faire part à l'assemblée de ses premières constatations.

– Il s'agit d'un homme d'environ trente-cinq ans, de taille moyenne, cinq pieds* cinquante, d'à peu près cent cinquante livres**. Vu l'aspect du corps, je dirais qu'il est mort depuis environ une douzaine d'heures et qu'il a été mis dans le tas de sel peu de temps après. La tête a été rasée très récemment mais laisse cependant apparaître quelques traces de cheveux châtain clair sur la nuque. La base du crâne présente une blessure profonde qui est très probablement la cause de la mort. Les yeux, qui ont été fermés, sont de couleur vert émeraude. Le visage, de forme plutôt ovale, laisse deviner un physique harmonieux malgré de nombreuses ecchymoses provoquées, sans doute, par un objet dur comme une pierre. Celles-ci ont été faites au moment du décès mais impossible de dire si c'était avant ou après la mort. On note que l'oreille droite est percée et qu'une boucle devait s'y trouver il y a peu de temps mais celle-ci a été ôtée. Les dents

---

* 1 mètre 78.

** 75 kilos.

sont en bon état ; deux molaires manquantes semblent avoir été arrachées depuis longtemps. Les mains sont soignées et ne portent pas de bijou bien que l'on discerne une marque ancienne d'anneau à l'annulaire gauche et une trace de bague à l'annulaire droit. On peut voir, en haut du bras droit, un tatouage représentant un bateau dans la tempête mais le nom du navire n'est pas précisé. Je n'ai repéré aucune trace de liens, ni aux poignets, ni aux chevilles. Pas de traces de coups ni de violences, non plus, en dehors de la tête. Le corps porte deux cicatrices anciennes d'environ un pouce et demie*, l'une, superficielle, à gauche, au niveau du bas du thorax et l'autre, un peu plus profonde, au niveau de la cuisse droite. Toutes deux rappellent des blessures de combat, sans doute provoquées par une arme blanche si l'on en juge par la taille des cicatrices. Celles-ci sont propres, nettes, laissant supposer que la victime a été très bien soignée. Je n'ai pas noté, par ailleurs, de malformations ni de signes particuliers. Pour résumer, je dirais qu'il s'agit d'un homme soigné, correctement nourri, en bonne santé, qui a été amené à combattre il y a quelques années. Mais ce sont là des

* 4 cm.

constatations sommaires qui demandent à être approfondies. C'est pourquoi il me paraît indispensable de demander l'expertise des chirurgiens-jurés* de Guérande.

Après avoir rédigé son rapport, le médecin quitta la salle en précisant qu'il se tenait à la disposition de la justice. De son côté René de Drézigué réfléchissait, se disant que, devant la complexité d'une affaire qui pouvait dépasser les frontières de la communauté, il devait prévenir la Sénéchaussée de Guérande dont dépendait juridiquement la ville du Croisic. Les choses, pourtant, n'étaient pas si simples. En effet, depuis 1533, les juges de Guérande avaient obligation de se rendre au Croisic pour y rendre la justice. Or, ils affectaient d'oublier ce devoir, à tel point que le Parlement de Bretagne avait autorisé, en 1767, le maire du Croisic, entouré de ses conseillers, à tenir chaque semaine une audience de police et à y rendre la justice. Cette décision, il faut bien le dire, arrangeait bien les Croisicais qui, de tout temps, avaient toujours voulu régner souverainement chez eux et s'affranchir le plus possible de la tutelle de Guérande. Ils avaient même organisé leur propre police. Mais les choses s'étaient envenimées quand un jeune sénéchal fraîchement nommé, Henri-Joseph Le Peley, avait voulu asseoir son autorité en venant derechef à la maison de ville du Croisic pour y faire son audience. Jamais, de mémoire de Croisicais, on avait toléré une telle intrusion. Aussi, lors d'une tournée de police au Croisic, notre Sénéchal trouva-t-il closes les portes de la maison de ville. À la riposte du sénéchal, René de Drézigué avait répondu « *qu'il n'était pas là pour lui rendre des comptes et qu'il ne le devait qu'à M. de Penthièvre* »[3], gouverneur et lieutenant général de Bretagne. C'est dire si la situation était tendue entre les deux partis !

Pourtant, au vu de la gravité de l'affaire qui se présentait, René de Drézigué n'avait pas d'autres choix que d'alerter le sénéchal. Le commissaire Talord fut donc dépêché pour informer Monsieur Henri-Joseph Le Peley, sieur de Villeneuve, sénéchal royal et premier magistrat civil et criminel, de l'acte singulier qui avait été commis dans la cité ainsi que de la nécessité d'envoyer les chirurgiens-jurés* dans les plus brefs délais.

La réunion se poursuivit dans une ambiance quelque peu agitée. Le maire demanda à ce que l'on fasse un premier point sur les événements.

– Voilà une affaire bien étrange, s'exclama le procureur, on trouve un homme mort dans un tas de sel et personne ne semble le connaître. Tout ce que l'on sait, c'est qu'il appartenait probablement à un milieu aisé, qu'il était bien soigné et correctement habillé si l'on en juge par le tissu de la culotte. On sait aussi que ses blessures anciennes, sans doute des coups d'épée, ont été bien soignées. Son tatouage, si on se réfère à la tradition, pourrait bien être le signe distinctif des navigateurs au long court. La trace d'une boucle d'oreille confirmerait d'ailleurs cette hypothèse. Tout laisse donc à penser qu'il pourrait s'agit d'un officier de marine. Les traces d'un anneau à l'annulaire gauche montrent qu'il était sans doute marié et celle d'une bague que ce n'était pas un travailleur manuel[4]. Apparemment, il était étranger à la ville mais que diable venait-il y faire ?

– Tout cela est très surprenant, en effet, lança le maire. D'habitude, quand il y a mort d'homme, ce qui est rare, Dieu merci, on retrouve le corps dans la rue ou dans le port. Mais là, pourquoi l'avoir mis dans un mulon de sel ?

– Il peut s'agir d'une bagarre qui a mal tourné ou d'une attaque pour le dévaliser, rétorqua le commissaire La Porte. Le ou les agresseurs l'ont peut-être tabassé à coups de pierres puis dépouillé de son argent et de ses vêtements. Voyez, son alliance et sa bague ont été enlevées et même sa boucle d'oreille en or, qui sert d'habitude à payer les frais d'obsèques en cas de décès, a disparu. Les assaillants auraient ensuite caché le corps dans le tas de sel pour retarder sa découverte.

– C'est une possibilité, en effet, répondit le procureur, mais pourquoi ne pas l'avoir tout simplement jeté à l'eau. Si le méfait remonte à environ deux heures du matin comme le dit le médecin, alors la marée était haute et le corps aurait été emporté avec le reflux.

– Très juste, reconnut Armand Laporte, mais le fait de mettre le corps dans le sel avait peut-être une signification pour le ou les auteurs de cet acte crapuleux.

– En tous cas, renchérit Augustin Du Bochet, celui ou ceux qui ont fait cela devaient être très habiles pour placer un corps dans le tas de sel sans que personne ne le remarque, même pas le gabarier, et sans l'aide d'un outil.

– Voilà une affaire qui paraît bien obscure, admit René de Drézigué. En attendant la décision de la Sénéchaussée de Guérande, je propose que l'on se sépare et que l'on se retrouve au même endroit vers six heures de l'après-midi.

« C’est à la loi seule que les hommes
doivent la justice et la liberté »

Jean-Jacques Rousseau

Chapitre 2
De Guérande au Croisic

Dans la salle d'auditoire de la juridiction de Guérande située au-dessus des halles, Henri-Joseph Le Peley, sieur de Villeneuve, s'entretenait avec Guillaume Fleury, jeune commissaire de police, nouvellement arrivé de Reims. Ses états de service étaient élogieux et le sénéchal se montrait satisfait de cette nouvelle recrue qui allait, il l'espérait bien, le soulager quelque peu de sa lourde charge. En effet, la mission du magistrat de « faire droit », selon l'expression consacrée, était très vaste : il s'agissait de veiller à ce que la gestion de la ville permette la sécurité, l'hygiène, la santé, la circulation des marchandises… De plus, le sénéchal se montrait particulièrement zélé : on le trouvait à cheval sur les chemins boueux de Brière en plein hiver, au fin fond des salines ou des vignobles lorsqu'une affaire l'appelait.

– Alors, mon cher Fleury, que pensez-vous de votre nouvelle affectation ? Cela doit vous changer de la capitale champenoise qui, à ce qu'on m'a dit, est très animée.

– Cela me convient très bien, je vais pouvoir m'instruire à vos côtés, répondit celui-ci sur un ton qui se voulait enjoué.

– Bien, bien, dit le Sénéchal. Au fait, je viens d'avoir des nouvelles du duc d'Aiguillon, l'ancien commandant de Bretagne. Vous n'êtes pas sans savoir que le duc a été traduit en justice, à sa demande, par le parlement de Paris car celui de Rennes l'accusait d'avoir, en 1766, accablé Louis-René de La Choletais, procureur général du parlement de Bretagne. Curieux procès que celui d'un pair de France ! Du jamais vu. On dit que le roi est très défavorable à cette démarche. L'affaire est toujours en cours mais nous en connaîtrons bientôt l'issue. Cela fait grand bruit à la cour.

– À ce que je sais, ce monsieur de La Choletais vouait une haine féroce au duc d'Aiguillon qui le lui rendait bien, je suppose.

– De fait, c'est une longue histoire pleine de rebondissements. Pourtant, le duc a beaucoup fait pour notre cité. Vous avez vu ce nouveau mail près de la porte Saint Michel avec une partie haute et une partie basse ? C'est aujourd'hui un endroit de promenade fort prisé des Guérandais, d'autant que les douves qui constituaient un lieu particulièrement insalubre avec tous les écoulements et détritus de la ville ont été comblées. Il a également fait refaire tous les chemins d'accès à la cité. Et c'est sans compter avec tout ce qu'il a entrepris par ailleurs en améliorant la navigation sur la Loire, en rénovant les quais du Croisic, en relançant le commerce avec les pays nordiques. Il n'y a pas à dire, c'est un grand homme à l'esprit pratique. Dommage qu'il se soit rendu aussi impopulaire dans la ville de Rennes ! D'ailleurs, ne disait-il pas lui-même qu'*il est plus facile de vaincre les Anglais que gérer les Bretons ?*

C'est alors qu'un agent frappa à la porte et s'adressa au sénéchal :

– Monsieur, un commissaire de police du Croisic demande à vous parler. Il dit que c'est très urgent.

Le commissaire Talord entra et, après les présentations d'usage, rapporta les évènements survenus au Croisic quelques heures plus tôt ainsi que la demande d'intervention de chirurgien-jurés. Le sénéchal et le commissaire Fleury l'écoutèrent attentivement. Le premier, qui avait, et pour cause, de bonnes raisons d'en vouloir aux habitants du Croisic, s'exclama d'emblée :

– Encore une de ces beuveries qui a mal tourné ! Décidément, ces Croisicais, une sacrée bande de malfrats ! Puis, se tournant vers Guillaume Fleury : voilà une affaire pour vous, cher commissaire, prenez un cheval et rendez-vous sur place. J'ai l'habitude, en ce qui me concerne, de toujours me déplacer quand on vient me quérir pour régler une affaire. Mais, puisque vous êtes là, je vous laisse vous en charger. J'insiste, toutefois, pour que ce soit vous et vous seul qui dirigiez l'enquête, ce qui ne vous empêchera pas de travailler en lien avec le maire du Croisic et ses conseillers, notamment avec les commissaires de police. Vous serez sous la responsabilité directe du lieutenant général de police de Guérande, monsieur Gabriel-Honoré Vrignaud de Plusquepoix. Vous l'informerez régulièrement de l'avancée de l'affaire. Pour l'heure, vous accompagnerez le commissaire Talord qui vous donnera des détails en chemin. Je vous prépare un courrier pour Monsieur de Drézigué, lui demandant de mettre ses hommes à votre service. Vous logerez au Croisic, ce sera plus commode. Vous verrez avec le maire pour régler ce problème.

Les deux hommes quittèrent la salle et regagnèrent leur monture. Ils s'arrêtèrent au logement de Guillaume Fleury, place du Pilori, pour prendre quelques vêtements de rechange, puis se dirigèrent vers la sortie de la ville. Après avoir descendu la rue de Saillé animée en cette fin d'après-midi ensoleillée et passé la porte du même nom, ils s'engagèrent sur le grand chemin menant au Croisic en passant par le bourg de Batz.

Par chance, un nouveau pont sur l'étier* du grand marais et une nouvelle voirie avaient été construits quelques années auparavant à l'initiative, là encore, du duc d'Aiguillon afin de faciliter, en tout temps, l'arrivée des troupes nécessaires à la défense de la côte. Cette voie remplaçait l'ancien chemin dallé qui traversait le Traict*, vaste avancée de mer à l'intérieur de la presqu'île du Croisic, que l'on ne pouvait emprunter qu'à marée basse. Après avoir longé la croix refuge bien utile aux imprudents qui avaient sous-estimé le retour des flots, le chemin aboutissait au pied du Mont-Esprit. Ça avait été, jusque-là, le seul accès que pouvaient emprunter les chariots et charrettes mais aussi l'artillerie, pour se rendre au Croisic.

Chemin faisant, les deux hommes firent connaissance. Michel Talord, âgé de quarante-neuf ans, était né au Croisic et y avait toujours vécu. Sa fonction de commissaire de police au sein du conseil des notables de la ville lui conférait un certain statut social. Guillaume Fleury se dit qu'il serait un bon allié dans ce milieu portuaire qu'il ne connaissait pas mais dont la réputation d'insubordination était notoire. Il savait, en effet, que les marins du Croisic étaient considérés par l'administration comme des gens hardis et fins manœuvriers mais dotés d'un caractère indépendant et particulièrement irascible. Michel Talord parla ensuite avec enthousiasme de son prochain mariage avec Jeanne Marquet. Guillaume le félicita mais ne dit, quant à lui, pas un mot de sa vie privée.

À une petite lieue de Guérande, ils traversèrent le village de Saillé. Là, le commissaire Talord évoqua l'événement qui avait rendu ce village célèbre, à savoir le mariage du duc Jean IV avec Jeanne de Navarre, le 11 septembre 1396, dont les habitants tiraient une grande fierté. En sortant de Saillé, la route s'enfonçait dans les marais salants. Là, ils purent apercevoir l'immense mosaïque formée par des bassins de différentes tailles dans lesquels des hommes s'affairaient. Les deux cavaliers s'arrêtèrent quelques instants.

– Vous voyez là-bas, expliqua Michel Talord, ce sont des paludiers* qui vérifient les circuits de l'eau avant l'apparition du sel. D'ici un jour ou deux, s'il y a suffisamment de vent et de soleil, ils pourront commencer le ramassage.

Guillaume aurait aimé en savoir davantage sur ces pratiques ancestrales qui lui rappelaient les vignes de son enfance mais l'heure n'était pas à la promenade. Ils traversèrent ensuite le Bourg de Batz, son église Saint Guénolé et les ruines de la chapelle du Mûrier puis empruntèrent le chemin des dunes. Là, ils croisèrent un groupe de femmes transportant sur leur tête des cruches remplies d'eau. Celles-ci les regardèrent avec une curiosité teintée de crainte tant elles avaient peu l'habitude de croiser des étrangers. Ils poursuivirent leur route vers Le Croisic.

Installés dans la salle du conseil, le maire et ses conseillers attendaient avec impatience la réponse de la sénéchaussée de Guérande, redoutant, au vu des nombreux différends qui les avaient opposés jusque-là, une mise à l'écart pure et simple de l'affaire. Ils virent arriver, précédé du commissaire Talord, un homme jeune, de taille moyenne, de bonne carrure, au visage plutôt angulaire qui inspirait sérieux et respect. Il était habillé simplement d'une veste, d'un gilet et d'une culotte noirs relevés d'une chemise à jabots et de bas de soie blancs. Mais, ce qui attirait d'emblée l'attention, c'était sa chevelure : il ne portait pas de perruque et la couleur blanc argenté de ses cheveux coiffés en queue de cheval et retenus par un simple catogan noir, contrastait avec la jeunesse de son visage. Ses yeux, d'un brun clair et lumineux, traduisaient un regard franc et direct avec, toutefois, une pointe de mystère indéfinissable. Cet homme intriguait par l'autorité naturelle qu'il dégageait mais aussi par le soupçon de fragilité qui transparaissait malgré lui.

Après que Michel Talord eut fait les présentations, Guillaume Fleury remit à René de Drézigué la lettre du sénéchal qui fut présentée à haute voix à l'assemblée. Même si des signes de mécontentement se lurent sur certains visages face à ce jeune inconnu qui allait s'immiscer dans les affaires de la commune, les notables n'avaient d'autre choix que de reconnaître, dans ce nouvel arrivé, celui qui allait diriger les opérations. Le maire proposa de reprendre le déroulement des événements afin de donner un maximum d'informations au commissaire, ce qui fut fait. L'après-midi finissant, il clôtura la séance, rappelant que l'audience de police aurait lieu le lendemain, comme tous les mercredis, à trois heures de l'après-midi et qu'il serait évidemment question de cette affaire dès que les litiges en cours seraient traités. Avant de quitter la Maison de ville, le maire emmena Guillaume auprès du cadavre. Mais, après un examen sommaire, le commissaire ne trouva aucun nouvel indice en dehors de ceux qui avaient déjà été minutieusement signalés par le médecin.

Monsieur de Drézigué proposa alors à Guillaume de le loger chez son cousin qui disposait d'une grande demeure à proximité de la maison de ville et du cœur de la cité, l'hôtel particulier de la famille Calvé de Barjulé. Certes Michel Calvé et lui avaient souvent eu des différends concernant les intérêts de la commune, mais cela ne les empêchait pas de se fréquenter.

« La justice et la vérité doivent être pliées à l'intérêt des plus puissants : c'est la règle »

Jean-Jacques Rousseau
L'État de guerre

Chapitre 3
Soirée chez lez Calvé

Le maire et le commissaire Fleury quittèrent la Maison de Ville et s'engouffrèrent dans la rue du Pilori. Un peu plus loin, juste à l'embranchement de la rue Saint-Christophe et la rue Notre Dame[5], se dressait une estrade plantée d'un mât, où l'on exposait d'ordinaire les condamnés. Pour l'heure, l'endroit était inoccupé. Sur la droite se trouvait le vaste hôtel particulier de la famille Calvé. La façade imposante, percée de grandes fenêtres rectangulaires, affichait la richesse de ses propriétaires. René de Dézigué frappa à la porte principale et un valet les invita à entrer. Ils se trouvèrent alors devant un bel escalier en bois, décoré d'un médaillon ouvragé, en bois lui aussi, surmonté d'un bouquet de roses et contenant les lettres C et B enlacées, initiales des propriétaires Calvé de Barjulé. Le valet les introduisit dans un vaste salon garni de boiseries à grands cadres moulurés, recouvertes de peintures. Trois panneaux retinrent particulièrement l'attention de Guillaume : celui du centre représentait la porte fortifiée de Guérande surmontée des armes de la ville, à gauche un arlequin mimant le bat du tambour et à droite une colombine portant masque et éventail. Certains détails rappelaient le rituel maçonnique dont les Calvé faisaient sans doute partie. Une grande cheminée surmontée d'une hotte de bois mouluré occupait le fond de la pièce. Devant le foyer, des bergères au cadre de bois mouluré et sculpté de fleurettes, recouvertes de tapisserie aux teintes pourpres et pourvues de coussins confortables, encadraient une table basse ouvragée. Deux commodes et une armoire de style Louis XV complétaient le décor.

– Si vous voulez bien vous asseoir, dit le valet, je vais voir si Monsieur peut vous recevoir.

Quelques minutes plus tard, on vit apparaître dans la pièce un homme plutôt âgé, portant perruque et richement vêtu d'une veste bleu de Prusse ornée de parements dorés recouvrant un gilet clair à motifs floraux. L'aspect aristocratique du personnage laissait transparaître l'aisance de l'homme qui a réussi.

– Bonjour, mon cousin, dit René David, je vous présente Guillaume Fleury, commissaire de police. Il nous est envoyé par Monsieur de Villeneuve pour mener l'enquête sur l'homme retrouvé dans le tas de sel dont vous avez sûrement entendu parler. Le sénéchal me demande de le loger et j'ai pensé que vous pourriez peut-être l'héberger pour quelques jours, le temps de voir comment les choses évoluent.

– Mais bien sûr, ce n'est pas la place qui manque dans cette grande maison. Je demande tout de suite à ce que l'on fasse préparer la chambre du rez-de-chaussée, ainsi, commissaire, vous pourrez aller et venir à votre guise. Je fais prévenir la cuisinière de mettre un couvert supplémentaire. Le dîner est à 7 heures 30 dans la petite salle à manger. J'imagine que toutes ces émotions vous ont ouvert l'appétit.

Le maire prit congé avant de rentrer à son domicile situé un peu plus loin, dans la rue Notre Dame[5], près de l'église. Guillaume se rendit à sa chambre aménagée vers l'arrière de la maison[6]. Du même style que le reste de la demeure, les murs étaient recouverts de panneaux de bois dont certains ouvraient sur des placards. Un grand lit, une armoire, un secrétaire et une table de toilette meublaient la pièce. Après s'être rafraîchi le visage et les mains, Guillaume se changea pour le souper.

Lorsque le commissaire pénétra dans la salle à manger, Michel Calvé lui présenta son épouse Françoise Le Bessou de Tesson. Celle-ci, la cinquantaine, contrastait avec l'aspect quelque peu austère de son époux. Elle invita le commissaire à s'installer autour de la table ronde recouverte d'une nappe finement brodée au milieu de laquelle on avait placé un superbe bouquet tout en teintes roses et blanches. Les assiettes de faïence blanche, rehaussées d'un mince filet doré et entourées de couverts d'argent aux initiales de la famille, étaient recouvertes de serviettes sous lesquelles étaient glissés les petits pains individuels fabriqués dans la paneterie attenante. Le tout était éclairé de bougies disposées dans deux chandeliers d'étain. Cette table, au milieu de la petite salle à manger boisée et parquetée, soulignait le raffinement que la maîtresse de maison souhaitait afficher. On retrouvait bien là l'influence des usages de la cour de Versailles dont les notables s'enorgueillissaient. S'adressant à Guillaume, Françoise Calvé précisa :

– Nous sommes entre nous, Monsieur Fleury, nos six enfants sont partis et nous apprécions l'intimité de ces repas. Et puis, nous ne sommes pas à Paris où il convient de sortir au théâtre ou à l'opéra et de souper fort tard. La province présente certes des inconvénients mais on y trouve aussi une certaine douceur de vivre.

– Vous voilà dans notre ville dans d'étranges circonstances, poursuivit Michel Calvé. Pour moi qui ai pourtant roulé ma bosse et qui en ai vu de toutes sortes, j'avoue que cet acte me déconcerte. Il nous est déjà arrivé de trouver des cadavres dont nous ne connaissions pas l'identité, ce qui est normal car nous sommes un lieu de fort passage, mais dans un tas de sel, ça jamais ! Avez-vous déjà une petite idée sur ce qui a pu se passer ?

– Je trouve aussi cette mort très singulière mais il est trop tôt pour en parler. Ce qui est sûr, c'est que nous ferons tout pour en découvrir l'auteur. Monsieur de Villeneuve y tient beaucoup et moi de même.

– En tous cas, soyez assuré de mon aide en cas de besoin. Vu mon âge et mon expérience, je pourrais sans doute vous être utile si vous avez besoin de renseignements.

Puis, Michel Calvé changea de conversation afin de ne pas gâcher le dîner par cette histoire sordide.

– Fleury, voici un nom connu. Seriez-vous parent avec le cardinal du même nom que Louis XV a appelé comme premier ministre en 1726 ?

– Pas à ma connaissance, mais ce patronyme est très rependu en France.

– Il est vrai, acquiesça Michel Calvé. J'ai appris que vous veniez de Reims, une ville déjà célèbre pour le sacre de nos rois mais qui se surpasse aujourd'hui avec son vin de Champagne. Vous en savez quelque chose, je suppose.

– J'ai pratiquement été élevé dedans, répondit Guillaume. Mon père a commencé à travailler comme roulier dans l'entreprise de draps de Nicolas Ruinart. Ce drap était fabriqué à Reims ou dans les environs et était revendu à Paris, à Beaune ou à Lille. De ce fait, mon père était souvent en déplacement et son patron l'accompagnait parfois pour rencontrer ses clients. Les deux hommes s'appréciaient beaucoup.

– Voilà qui est intéressant, mais comment en est-il arrivé au champagne ?

– Eh bien, parallèlement au commerce de drap, Nicolas Ruinart a commencé à acheter du vin qu'il revendait à ses clients. Les demandes ont été de plus en plus fortes. Il se trouve que, dans le même temps, l'industrie textile a commencé à décliner alors que celle du vin a pris un essor considérable en France mais aussi dans toute l'Europe. Mais, ce qui a été déterminant, si vous me permettez ces quelques détails historiques, c'est l'arrêt du conseil du roi de 1728 qui a autorisé les marchands à transporter le vin en bouteilles. C'était une véritable révolution car jusque-là, le vin ne pouvait être transporté qu'en fûts. Or, le vin de Champagne ne peut se concevoir qu'en bouteilles de verre épais et bouchons de liège. Donc, mon père a suivi le mouvement et le drap s'est transformé, progressivement puis définitivement, en bouteilles de Champagne.

– Votre Nicolas Ruinart a été sacrément bien avisé, fit remarquer Michel Calvé. En somme, vous et moi avons une histoire commune, celle du négoce, vous du champagne et moi du sel.

Le repas, servi par un laquais en livrée, se déroula dans une ambiance courtoise. Les six plats étaient fins et variés : crème de pois verts, homard à la Bretonne, dorade grillée, bœuf garni de légumes de saison, pâtisseries. Les boissons, tenues au frais sur une desserte, ravissaient le palais. À la fin du souper, le commissaire remercia ses hôtes et fit part de son souhait de se rendre sur la place de la Motte avant de se coucher.

Guillaume prit la ruelle qui longeait la demeure des Calvé et se retrouva le long des quais. En cette soirée de juin, l'air était doux et la nuit n'avait pas encore enveloppé la ville de son manteau de ténèbres. En bordure du quai, les maisons cossues constituaient une ligne entrecoupée de ruelles. Ces hautes bâtisses à trois étages appartenaient, comme le lui avait expliqué Michel Calvé, à des armateurs ou des négociants qui s'étaient enrichis grâce au commerce du sel et de la pêche à la morue. De l'autre côté, au bord de l'eau, les câbles de chanvre serpentaient, accrochés aux bittes d'amarrage usées par le temps. Des barques de pêche se balançaient au gré du vent, sous les cris rauques des goélands qui s'ébattaient sur la petite jonchère* toute proche.

Le commissaire poursuivit son chemin en direction de la place de la Motte, ce cap encombré de filets, de cordages et de charrettes, qui sépare les jonchères* dites de la « Grande » et de la « Petite Chambre ». Sur la gauche, un vacarme de voix et de chansons provenant des cabarets bondés à cette heure de la journée attira son attention. Deux femmes stationnées le long d'un mur l'interpellèrent[7]. Indifférent à leur invitation, il se dirigea vers le bout de la place, près du tas de sel où l'on avait découvert le cadavre. Le mulon avait été laissé en l'état, tel un cône tronqué. Guillaume le regarda, songeur : comment avait-on pu faire un trou dans le tas de sel, y glisser un cadavre sans que personne ne le remarque ? Certes, la thèse de la bagarre ou de l'agression paraissait au premier abord la plus plausible, mais l'officier de police ne pouvait s'empêcher de penser qu'il pouvait aussi s'agir d'une affaire plus complexe touchant aux profondeurs de l'âme humaine.

Laissant sur sa gauche la flûte hollandaise aux larges flancs arrondis, il contempla le Traict qui, à marée basse, dévoilait son tapis formé des bleus nacrés de l'eau, des teintes dorées des bancs de sable, des traînées sombres de goémons. À l'horizon, l'astre rosi se dissipait dans l'écume des nuages et dévoilait les silhouettes sombres des communes avoisinantes, à droite le clocher de l'église de Batz, à gauche, sur les hauteurs, celui de la collégiale de Guérande.

De retour au domicile des Calvé, Guillaume croisa la maîtresse de maison qui lui proposa une collation avant le coucher. Ils s'installèrent au salon et Françoise Calvé engagea la conversation. Après un échange de banalités sur la douceur de l'air et la beauté du paysage, elle amena la discussion sur la question qui suscitait sa curiosité :

– Vous allez me trouver fort indiscrète, commissaire, mais auriez-vous laissé votre épouse à Guérande ou à Reims ?

Guillaume, quelque peu troublé par la question, répondit simplement :

– Ne vous excusez pas, chère madame, votre attention me touche, mais pour tout vous dire, je suis célibataire.

Cette réponse ne pouvait satisfaire Mme Calvé. Elle ressentait chez le jeune homme, au demeurant poli et fort courtois, une sorte de mélancolie qu'elle comptait bien tirer au clair.

Ayant regagné sa chambre, Guillaume décida de consacrer sa matinée du lendemain à une visite plus complète de la ville.

« Ressembler au promontoire
sur lequel sans cesse se brisent les vagues »

Marc Aurèle

Chapitre 4
À la découverte de la ville

Mercredi 6 juin

Après un somptueux chocolat chaud pris dans l'intimité de la salle à manger, Guillaume se prépara pour partir à la découverte de la ville. Un peu plus tôt, Michel Calvé, qui avait l'habitude de se lever à six heures tous les matins, en hiver comme en été, lui avait proposé de l'accompagner pour la visite des lieux.

– Si vous devez enquêter, commissaire, il importe que vous connaissiez les recoins de notre cité. Cela vous aidera à mieux localiser les endroits dont vous entendrez forcément parler. Je suis un vieux Croisicais et je connais parfaitement la ville. Vous ne trouverez pas meilleur guide.

Arrivé sur la place Dinan plantée d'ormeaux, Michel Calvé évoqua l'ancien château-fort construit vers 1360 par Nicolas Bouchart, amiral de Bretagne, en remerciement du soutien apporté par les Croisicais au duc de Bretagne, Jean de Montfort, lors des houleuses guerres de succession. Il raconta que le château avait été rasé en 1597, au temps des guerres de religion, par le Sieur de la Tremblaye et c'est en 1629 que le roi Louis XIII avait offert l'emplacement aux bourgeois pour y bâtir la Maison de Ville où ils siégeaient aujourd'hui.

Les deux hommes bifurquèrent sur la droite et prirent la direction de l'entrée de la cité. Là, ils purent contempler une vaste étendue de salines où travaillaient quelques paludiers. Michel Calvé en profita pour familiariser Guillaume avec quelques noms spécifiques du marais : ladure*, mulon, las*, cobier*, vasière*..., tous ces noms qu'il entendrait sans doute prononcer au cours de l'enquête. Juste à côté s'élevait un monticule planté d'arbres, la Montagne d'Esprit. Monsieur de Barjulé expliqua que celle-ci était constituée des gravats qui avaient servi de lest aux nombreux navires venant de toute l'Europe et c'est en 1760 que l'on avait procédé à des plantations. Tout comme la place Dinan, les quais, la place du marché, le mail de Broc, la digue de Pen Bron et l'ébauche de celle de Saint Goustan, ces aménagements avaient pu être réalisés grâce aux subventions obtenues par le Duc d'Aiguillon pour embellir la ville.

De l'autre côté de la Montagne d'Esprit s'étendait un bassin vaseux où dormaient, dans un coin, de vieilles carcasses de bateaux. Là, une odeur suffocante leur chatouilla les narines et des coups de maillets cadencés se firent entendre. Ils s'approchèrent des chantiers de la Jonchère du Prince, cette langue de terre située entre la chambre des Vases et la mer. Sur une pente douce, des charpentiers de marine taillaient dans du chêne miellé ce qui allait devenir de superbes goélettes. Les calfats* remuaient le brai* chaud avec de longues louches dans des chaudrons posés sur un feu de bois.

Ils passèrent ensuite devant la Croix de Ville en bois, élevée au milieu d'un petit terre-plein, en avancée sur le Traict, où l'on déchargeait le poisson. Puis, ils longèrent le quai de la petite chambre, laissèrent sur leur droite la place de la Motte ainsi que la Grande Jonchère où des bateaux en construction ou en réparation s'élevaient sur des étais de bois, et se retrouvèrent sur la petite Place d'Aiguillon. Longeant les quais, des longs courriers voisinaient avec des barges chargées de tas de fagots, des monceaux de tourbe, de pipes et d'eau de vie. L'endroit était particulièrement animé en ce samedi matin, jour de marché[8]. Ils croisèrent des marchandes de poissons haranguant les passants, des vendeurs ambulants transportant sur leur dos une hotte remplie d'objets hétéroclites, des ménagères, paniers au bras, des enfants jouant au cerceau, des paludiers aux culottes bouffantes tirant des ânes chargés de sacs de sel, des bourgeois, perruques poudrées et bas de soie, appuyés sur leur canne à pommeau d'agent, contrôlant les chargements, des marins aux vareuses délavées s'affairant sur les bateaux… Michel Calvé s'arrêta devant un couple d'âge moyen dont l'époux était vêtu d'un uniforme composé d'une veste bleu de roi à parements de velours noir et un pantalon blanc, la tête coiffée d'un chapeau à cornes avec ganse en or. Il déclara :

– Mon cher Guillaume, permettez-moi de vous présenter Mathieu Papin, directeur de l'école d'hydrographie et son épouse Élisabeth.

– Enchanté. J'ai entendu parler de cette école. Voilà un enseignement fort utile pour l'activité de la cité, je suppose.

– De fait, nous formons chaque année une soixantaine d'officiers de marine, des capitaines de bateaux mais aussi des maîtres de barques. C'est un grand avantage dans une ville portuaire comme Le Croisic qui vit essentiellement de son commerce maritime et fluvial.

Les deux hommes poursuivirent leur chemin le long du quai de Port Ciguet où les navires portugais avaient l'habitude de s'amarrer. Là, Guillaume repéra une auberge où pendait une enseigne au nom prometteur de « *Grappe d'Or* ». Plus loin, ils se retrouvèrent sur le quai des Canonnières, face à des remparts dotés de quelques canons qui protégeaient l'entrée du port. Sur leur gauche, quelques soldats montaient la garde devant un magasin d'artillerie. Au dos de celui-ci s'élevait la Montagne Lénigo, butte artificielle constituée, comme le Mont Esprit, de dépôts de lest des navires. En contre-bas, ils atteignirent une promenade plantée d'arbres, le mail du Broc, aménagée par le marquis du même nom.

Après avoir traversé la place de la Briquerie coupée par le ruisseau du Lin-Gorzet que l'on passait grâce à un petit aqueduc couvert, ils se trouvèrent devant le rivage de Port Charly d'où l'on pouvait apercevoir, au loin, les chaloupes armées pour la pêche à la sardine. Derrière eux, ce n'était que champs et jardins. Un peu plus loin, ils côtoyèrent une cabane de douaniers, un moulin, et, surplombant la côte, en forme de demi-cercle, un fort militaire. À cet endroit, côté mer, Guillaume nota que de nombreux rochers obstruaient la passe d'entrée du port ; il se dit que les manœuvres ne devaient pas être faciles pour les bateaux à forts tonnages.

Ils s'arrêtèrent quelques instants et Michel Calvé indiqua à Guillaume l'endroit où s'était échoué le 21 novembre 1759, le Soleil Royal et ses 1 100 hommes d'équipage, commandé par l'amiral de Conflans, lors de la tristement célèbre bataille des Cardinaux. Il raconta comment le marquis de Broc, alors capitaine de la ville du Croisic, s'était courageusement opposé aux Anglais, avec l'appui de la population, pour empêcher le pillage du navire.

Les deux hommes s'aventurèrent ensuite sur la falaise et se retrouvèrent devant une ancienne chapelle dédiée à Saint Goustan. Michel Calvé lui parla de cet oratoire qui avait été construit sur le rocher sur lequel le saint aurait été projeté lors d'une tempête et dont la marque du corps se serait inscrite dans le granit. Autour de cet édifice se trouvaient un petit cimetière et une fontaine très prisée des Croisicais car on lui reconnaissait des vertus miraculeuses.

Guillaume s'avança sur la dune pour contempler ce site aride, solitaire et grandiose. Son esprit pratique reprit le dessus et il pensa que c'était l'endroit idéal pour pratiquer la contrebande. Certes, il y avait un peu plus loin un fort de défense pour les éventuelles attaques ennemies, mais l'on pouvait passer discrètement par l'avancée de Pen Bron, juste en face, où l'on pouvait apercevoir une maison de passage, puis traverser en barques la passe d'entrée du port.

Sur le chemin du retour, les deux promeneurs s'arrêtèrent sur la place du marché aux grains. Michel Calvé, expliqua que cette place, récemment aménagée, était autrefois traversée par un étier* qui partait du quai pour arriver au pied de l'église au lieu-dit « le Pont du Chat ». Cet étier avait divisé la ville en deux jusqu'en 1754. Il était traversé par un vieux pont en bois qui enjambait le bras de mer et constituait alors quasiment le seul lien entre les deux parties de la ville.

Ils cheminèrent parmi les étals des marchands et se retrouvèrent devant ce que l'on appelait communément « l'hôtel d'Aiguillon ». Cette vaste demeure du XVIIe siècle, composée d'un bâtiment principal et d'une aile adjacente, n'appartenait pas au duc, comme le précisa Michel Calvé, mais à la famille Du Bochet depuis 1762. La maison avait été baptisée ainsi car le duc d'Aiguillon y avait séjourné à deux ou trois reprises lors de ses visites au Croisic. Guillaume comprenait mieux maintenant la dévotion que les Croisicais portaient à ce personnage qui avait tant fait pour eux. Une stèle en granit de quatre mètres de haut qui portait dans sa partie inférieure l'écusson des Aiguillon et au-dessus une inscription en latin commémorant les différents travaux exécutés sous le gouvernement du duc, lui avait même été dédiée[9].

C’est là que Michel Calvé abandonna Guillaume, lui recommandant de terminer son tour de reconnaissance par la fière église Notre Dame de Pitié.

« Rentre en toi-même. C'est
au cœur de l'homme qu'habite la vérité »

Saint Augustin

Chapitre 5
Au cœur de la cité

Suivant les indications de son guide, Guillaume se retrouva devant l'église Notre Dame de Pitié, cette puissante construction médiévale prête à défier le temps avec sa tour en granit local de 28,73 toises* de haut. Il entra par une des deux portes latérales séparées par une vierge éplorée tenant contre elle son fils supplicié. À l'intérieur, alors qu'il admirait un tableau où l'on voyait Sainte Anne apprendre à lire à sa fille Marie, il sentit une main se poser sur son épaule.

– Quelle bonne surprise ! s'exclama le recteur René Cavaro de Kergorre, vous venez admirer notre belle église. Vous savez, elle date de la fin du XVe siècle. Pourtant, il n'y a pas si longtemps, elle n'était encore, tout comme celle du

Pouliguen, qu'une simple succursale de l'église de Batz. Elle n'a été promue au rang d'église paroissiale que depuis 1763 grâce à l'acharnement de notre maire, René David de Drézigué. Depuis longtemps, les Croisicais réclamaient que leur église soit reconnue. Vous vous rendez compte, ils devaient parcourir environ 1 lieue, pieds nus pour certains, sur les dunes de sable brûlant l'été, plus ou moins mouvant l'hiver, pour assister à la grand' messe ! Imaginez l'épreuve que cela devait représenter pour les vieillards, les femmes enceintes, les jeunes enfants, les infirmes qui devaient assister, comme tout le monde, à la messe en l'église de la paroisse lors des grandes fêtes ! Et puis, cette situation était une source de conflits interminables entre les deux bourgades.

– Alors, qu'a fait votre maire pour changer cela ?

– René David, alors marguiller* de Notre-Dame-de-Pitié, a dû envoyer de nombreux mémoires à l'évêque dans lesquels il rappelait que la ville du Croisic comptait une population importante, environ quatre mille âmes, qu'elle avait le rang de communauté de ville et qu'elle était représentée aux États de Bretagne par un député. Dans ses démarches, il était pleinement appuyé par le Marquis de Broc, commandant pour le roi de la ville du Croisic. Mais il a fallu attendre plus de sept ans pour qu'enfin, des lettres royales confirment l'autonomie religieuse du Croisic.

– Mais qu'est-ce qui justifiait cette situation ? s'enquit Guillaume.

– C'est une vieille histoire qui remonte en 945 quand Alain Barbe Torte, voulant récompenser l'abbé de Landevennec, ce moine-soldat qui l'avait aidé à pourchasser les Normands, lui avait fait donation de Batz et de ses salines, à charge pour lui d'y entretenir un prieuré et d'y assumer les obligations du culte paroissial. Depuis lors, l'église de Batz, placée sous le patronage de Saint Guénolé, constituait le centre religieux.

Guillaume, d'un naturel curieux, appréciait les explications de ce prêtre érudit et notoirement attaché à sa ville. Il poursuivit :

– Vous allez me trouver bien ignorant, mais j'aimerais que vous me précisiez, en quelques mots, ce qu'est une communauté de ville ?

– Eh bien, ce titre revient à quelques municipalités privilégiées ayant un rôle local important comme Guérande ou Le Croisic. La prérogative essentielle d'une communauté de ville est d'élire un député aux états de Bretagne, assemblée qui représente les trois ordres : le clergé, la noblesse et le tiers État, ce dernier étant composé des députés des villes. Ils votent les impôts, interviennent dans l'administration générale et le financement des travaux publics. Ils n'ont pas de siège fixe, mais se réunissent dans telle ou telle ville, le plus souvent à Rennes, Nantes, Dinan, Saint Brieuc, Vannes toujours sur convocation du roi.

– Mais que vous rapporte ce privilège ?

– Pour nous, c'est très important ! Cela nous permet d'être directement représentés et d'obtenir plus facilement des avantages. C'est ainsi que la communauté du Croisic a pu bénéficier de subventions pour la rénovation du port : 30 000 livres en 1750, autant en 1752, 15 000 en 1754, sans compter les actions personnelles du duc d'Aiguillon. J'espère ne pas vous avoir ennuyé avec ces explications.

Le commissaire Fleury remercia vivement le recteur pour toutes ces informations qui lui permettaient de mieux comprendre l'organisation de la cité. Il termina la visite de l'église et se dirigea vers l'auberge qu'il avait repérée un peu plus tôt sur le quai du Port Ciguet. L'endroit était bondé en ce jour de marché mais la patronne lui trouva une place le long de la fenêtre donnant sur le port. Là, il se retrouva face à un personnage à l'allure plutôt jeune mais bien trempée qui terminait son repas.

– Bien le bonjour, commissaire.

– Ah ! je vois que je ne suis déjà plus un inconnu, répondit Guillaume

– Les nouvelles vont vite dans un bourg comme Le Croisic, rétorqua son interlocuteur. Je me présente, Thomas Leroux, capitaine du bateau corsaire le *Saint Yves*. Alors, comment trouvez-vous notre petite cité ?

– Ma foi, c'est un port actif et animé, mais c'est encore un peu tôt pour que je puisse m'en faire une idée précise.

– Je vous l'accorde. En tout cas, cette histoire d'homme retrouvé dans un tas de sel est vraiment incroyable. Mais, vous savez, rien d'étonnant à cela. Les sujets de mécontentement ne manquent pas et beaucoup de gens auraient de bonnes raisons de se révolter, d'une manière comme d'une autre.

– Qu'est-ce que vous voulez dire, capitaine ?

– Eh bien, comme vous le savez peut-être, la ville s'est enrichie principalement grâce à son commerce de sel et de vin, mais aussi la pêche, notamment la morue sur les bancs de Terre-Neuve. Pendant longtemps, Le Croisic a été une cité très florissante, un des plus grands ports de Bretagne avec une population de plus de 4000 habitants. Mais regardez aujourd'hui, on compte plus d'enterrements que de baptêmes, les nantis continuent à s'enrichir alors que le peuple croule sous les impôts et les taxes, le blé manque cruellement, le port s'est dégradé de façon catastrophique empêchant les gros navires d'accoster, les guerres d'Amérique et de Guinée ont décimé une bonne partie des marins et ceux qui restent préfèrent s'embarquer sur des négriers nantais où ils sont beaucoup mieux payés. Heureusement, le duc d'Aiguillon est intervenu pour remettre un peu d'ordre dans tout cela, mais jamais la ville ne retrouvera sa prospérité d'antan.

– Mais, j'ai cru comprendre que votre maire faisait tout son possible pour améliorer la situation ?

– Sans doute, mais vous savez, Le Croisic est gouverné par une caste bourgeoise dont les membres constituent un tissu serré d'intérêts et de parentés. À y regarder de près, vous verrez que nos chers notables ont pratiquement tous des liens familiaux.

– Certes, mais Le Croisic n'est pas une exception. C'est le cas de la plupart des villes de France ; voyez Guérande ou même Saint-Malo !

– Eh bien, c'est sans doute tout le système qu'il faudrait revoir. Qu'en pensez-vous commissaire ?

– Permettez-moi de garder mes opinions pour moi. Ma position, vous vous en doutez, ne me permet pas de m'exprimer sur des sujets aussi polémiques. Toutefois ce que vous me dites m'amène à vous demander si on pourrait imaginer un complot.

– Non, je n'irai pas jusque-là. Moi qui suis bien introduit dans les milieux croisicais, j'en aurais entendu parler et je vous promets que ce n'est pas le cas. Certes, notre maire a déjà été victime de pamphlets venant d'opposants à sa politique locale mais, de là à tuer un homme, et un parfait inconnu en plus, franchement, je ne le pense pas. Bon, je dois y aller maintenant. Je vous laisse terminer votre repas. Je viens souvent dans cette auberge. Si vous le souhaitez, nous pourrons poursuivre cette conversation.

« Tout intérêt de ma raison
se ramène aux trois questions suivantes :
– Que puis-je connaître ?
– Que dois-je faire ?
– Qu'ai-je à espérer ? »

Kant
Critique de la Raison Pure

Chapitre 6
Première audience de police

Le mercredi après-midi, comme à l'accoutumée, se tenait, à la Maison de Ville, une audience de police présidée par le maire du Croisic, René David, sieur de Drézigué. Il était assisté d'Augustin du Bochet, procureur syndic, de René Cavaro de Kergorre, recteur, des Sieurs Duboys et Le Quéré, échevins* ainsi que des commissaires de police Talord et La Porte.

Bien entendu, toutes les personnes présentes avaient hâte d'aborder la question de « l'homme du sel », comme on l'avait surnommé. Un meurtre de cette nature au Croisic, voilà qui changeait des petits larcins habituels ! De fait, ce port constituait un intense lieu d'échanges marqué par le commerce du sel et de la pêche favorisant les infractions telles que fraude, chapardages, bagarres plus ou moins violentes dues, le plus souvent, à l'abus d'alcool dans les nombreuses tavernes qui bordaient les quais. Les professionnels de la mer passaient dans la région pour des gens intrépides et impulsifs. De plus, cette ville relativement importante, abritait foires et marchés attirant paludiers, laboureurs, marchands ou artisans mais aussi mendiants et voleurs. Ainsi, la cité se plaçait en deuxième position après Guérande pour le nombre de délits.

René David de Drézigué proposa d'étudier, dans un premier temps, les affaires relevant de l'audience de police puis d'aborder ensuite le brûlant sujet d'actualité.

– Nous avons, tout d'abord, une sentence provenant de la sénéchaussée de Guérande concernant une affaire de blé mouillé[10]. Il s'agit du Sieur Brouard qui a entassé une charretée de blé humide dans le grenier qui se situe dans la même maison que celle du plaignant. Ce dernier, ne voulant pas d'incendie dans sa demeure, a porté plainte devant le tribunal de Guérande. À ma connaissance, c'est vous, commissaire Talord, qui êtes intervenu dans cette affaire. J'imagine que la sentence a été exécutée et que vous avez fait évacuer le blé dans les deux jours comme il a été convenu.

De fait, le commissaire Talord confirma que le nécessaire avait bien été fait. Le maire poursuivit alors l'ordre du jour.

– Nous avons ensuite un accident survenu le mercredi 30 mai, au Bourg de Batz, sur le chemin séparant les villages de Kervalet et Trégaté. Il s'agit de Marguerite Pichon, cinquante-deux ans, sage-femme, que l'on a retrouvée noyée dans la vasière de Sibéan alors qu'elle rentrait à son domicile après avoir procédé à un accouchement. Elle aurait dérapé sur le chemin rendu glissant par les dernières pluies. C'est vous qui avez mené l'enquête, commissaire La Porte, pouvez-vous nous en dire davantage ?

– Eh bien, la Dame Pichon s'est rendue le 29 mai, à deux heures de l'après-midi, au chevet d'Adèle Legé, demeurant au village de Kervalet. Après avoir terminé les soins prodigués à la jeune accouchée, Marguerite a quitté les lieux vers une heure du matin. Damien Legé, le maître de maison, a proposé de la raccompagner chez elle à Trégaté mais la sage-femme a refusé, disant qu'elle connaissait bien le chemin qu'elle avait l'habitude d'emprunter. C'est un paludier, Yann Garrec, qui l'a retrouvée à six heures du matin alors qu'il se rendait à ses marais. Le corps surnageait, la tête en bas, le long du talus. Il a sorti la pauvre femme de l'eau mais elle était manifestement morte. Yann a aussitôt prévenu le curé de Batz qui m'a fait quérir. Je me suis rendu prestement sur place mais je n'ai pu que constater les faits. Personne n'a rien vu dans le voisinage. Il faut dire qu'il faisait nuit noire au moment de l'accident et que l'heure était très tardive. À cet endroit, la vasière qui a été récemment rayée* est suffisamment profonde pour qu'on puisse s'y noyer. Le médecin qui l'a examinée n'a constaté aucune trace de violence et a conclu à une mort par noyade. Faute d'éléments supplémentaires, je pense que nous pouvons conclure à un accident et classer cette affaire.

L'assemblée acquiesça ce qui n'empêcha pas René David de Drézigué d'ajouter d'un air pensif :

– C'est curieux, tout de même, je connaissais bien Marguerite Pichon. C'était une femme solide, prudente et cette glissade dans les marais ne lui ressemble guère.

Guillaume Fleury n'intervint pas mais nota cependant cet accident dans son carnet. Le fait de ces deux morts suspectes en si peu de temps le rendait perplexe et les remarques du maire ne faisaient que renforcer ses interrogations. Certes, les coïncidences existaient mais il savait, par expérience, qu'il ne fallait jamais les négliger.

René David passa au cas suivant, celui de Suzanne Guillemin accusée d'avoir volé une miche de pain dans la boulangerie de Mathurin Durand. Les deux protagonistes furent d'abord entendus séparément, puis confrontés l'un à l'autre. S'agissant, comme cela arrivait souvent, d'un vol suscité par une grande précarité, la sentence fut clémente et dame Guillemin dut rembourser le boulanger et lui faire des excuses.

Après que le maire eut clôt l'audience de police proprement dite, Il en vint à l'affaire qui les occupait. David de Drézigué ayant rappelé sommairement les faits concernant « l'homme de sel », Guillaume prit immédiatement la parole, marquant d'emblée la position qu'il comptait tenir pendant l'enquête. La chose n'était pas aisée au milieu de cette société de bourgeois habituée depuis longtemps à mener tambour battant les affaires de la cité. Mais Guillaume était accoutumé à ce genre de situation et savait que la meilleure façon d'agir était de se montrer ferme tout en reconnaissant chacun dans sa fonction et sa compétence.

– Je voudrais tout d'abord faire quelques requêtes afin de mener à bien la mission que m'a confiée M. de Villeneuve. J'ai des méthodes de travail très personnelles qui ont fait leurs preuves mais qui nécessitent quelques préalables. En premier lieu, j'aurais besoin d'un bureau où nous pourrons, Messieurs Talord, La Porte et moi-même, nous retrouver pour faire un point régulier et centraliser les informations concernant l'enquête. Ce bureau devra comporter un grand pan de mur vierge de tout document pour afficher les éléments dont nous disposons. Il me faudrait également une carte de la ville et du port du Croisic que je ne connais pas encore, étant arrivé depuis peu dans la presqu'île guérandaise.

– Vous pourrez utiliser le bureau de police qui se situe au rez-de-chaussée, dit le maire. Il comporte une surface dont vous pourrez faire usage. Pour la carte, il se trouve justement qu'un plan de la ville et du port vient d'être levé en mai dernier par les sieurs Ogée, David et Villeneuve[11] d'après les travaux de Pierre Bouguer[12], notre célèbre hydrographe. Il pourra vous être utile pour vous repérer.

Guillaume reprit un par un les éléments qui lui avaient été rapportés la veille et qu'il avait soigneusement notés sur un carnet tout en approuvant la manière dont les choses avaient été menées.

– Avant tout, il nous faudrait un portrait de la victime que nous afficherons dans les boutiques et les estaminets du Croisic ainsi que sur les portes des églises des communes avoisinantes. Un portraitiste pourrait-il s'en charger ?

– Je m'occupe de le contacter, dit le procureur syndic, mais il faudrait sans doute tenter de reconstituer le visage de cet homme.

– Oui, dans la mesure du possible. Il faudrait également accompagner le portrait d'un texte incitant toute personne ayant vu ou entendu quelque chose de suspect à en avertir les autorités.

– Cela sera fait dans les meilleurs délais, confirma le procureur.

– Bien, passons maintenant en revue les différentes pistes possibles. Commençons par celle d'une bagarre qui aurait mal tourné. Si elle a eu lieu dans une taverne ou dans la rue, ce qui paraît le plus plausible, il y a probablement des témoins. Commissaire La Porte, vous vous ferez accompagner d'un agent de police et vous ferez le tour de ces établissements. Interrogez les patrons, le personnel, les clients habituels afin de connaître leurs emplois du temps, demandez-leur s'ils ont été témoins d'incidents ou s'ils ont remarqué quoi que ce soit d'inhabituel.

– Ne serait-il pas judicieux d'examiner les pierres et les morceaux de bois qui jonchent les rues et qui auraient pu servir à agresser la victime ? suggéra le procureur.

– Tout à fait, renchérit Guillaume, monsieur La Porte, vous vérifierez si vous n'y trouvez pas de traces de sang.

– Il y a quand même un détail qui m'intrigue, renchérit le procureur, le médecin a dit que la victime présentait des ecchymoses au visage mais pas sur le reste du corps. Vous ne trouvez pas cela curieux s'il s'agit d'une bagarre ?

– C'est vrai, admit le commissaire Fleury, mais alors, que peut-on en déduire ?

– Et si on avait voulu le défigurer pour que l'on ne puisse pas l'identifier, suggéra Armand Laporte. N'oublions pas qu'en plus, il avait la tête rasée. Il se pourrait que l'agresseur l'ait tondu pour le rendre encore plus méconnaissable.

– C'est effectivement une possibilité, dit le maire, mais si on ne voulait pas qu'on le reconnaisse c'est peut-être parce qu'il pourrait être reconnu. Qui nous dit, alors, que notre homme n'a pas déjà séjourné au Croisic ?

Guillaume Fleury se dit qu'il s'agissait là d'une piste intéressante qu'il nota soigneusement dans son carnet.

– Il faut aussi savoir, ajouta Armand La Porte, que notre port attire des vaisseaux de différents pays et que l'on y rencontre de nombreux étrangers de passage.

– D'où viennent ces navires ? demanda Guillaume.

– Jusque dans les années 1760, on comptait une majorité de bateaux hollandais qui venaient s'approvisionner en sel, mais depuis quelque temps leur nombre a diminué. On trouve aujourd'hui des vaisseaux provenant essentiellement de Suède mais aussi du Danemark, de Norvège ou d'Angleterre.

– Et que transportent-ils dans leurs bateaux ?

– C'est très varié, en général ils apportent des mâts de navire, des planches, du goudron, du chanvre, de la rogue pour la pêche à la sardine, du fer…

– Bien, il faudrait donc recueillir le plus possible d'informations sur ces étrangers, cela pourrait nous être utile.

– Sait-on qui était le pilote qui a manœuvré le navire à l'entrée du port, demanda le procureur ?

– Je me suis renseigné, répondit Armand La Porte, il s'agit de Laurent Coquart.

– Pouvez-vous m'expliquer en quoi cela consiste ? questionna Guillaume.

– Comme vous avez peut-être pu le voir, précisa le commissaire La Porte, la passe d'entrée du port est parsemée de rochers et de bancs de sable qui rendent son accès très difficile, ce qui nécessite l'intervention d'un pilote. Celui-ci rejoint le navire au large du Croisic et en prend les commandes jusqu'à l'amarrage à quai. La ville en compte une douzaine actuellement.

Le commissaire Fleury était plutôt satisfait. Il pouvait constater que, pris dans le feu de l'intrigue, chacun des participants avait à cœur d'apporter sa contribution à l'enquête.

– Passons maintenant à la piste de la flûte hollandaise. Il faut que l'on sache si notre victime y a séjourné. Commissaire Talord, vous prendrez plusieurs agents et vous inspecterez de fond en comble le bateau à la recherche d'éventuels indices indiquant sa présence à bord. Vous interrogerez le capitaine, un certain Hans Werner, ainsi que tous les membres de l'équipage. Monsieur Jean-François Bocandé, interprète des langues étrangères, vous accompagnera. Voyez s'ils sont déjà venus au Croisic et s'ils ont été interpellés pour des problèmes de fraudes, de mesures sanitaires ou toute autre chose. Renseignez-vous sur la cargaison du navire, sa provenance, ses escales, le nom de son armateur, enfin tout ce que vous pourrez collecter comme informations. Faites de même avec tous les navires étrangers actuellement accostés au Croisic avant qu'ils ne repartent. Au besoin, faites retarder leur départ.

– Mais, ça peut aussi être le fait de gabariers qui amènent le sel de la saline jusqu'aux jonchères ou bien de paludiers, intervint le procureur.

– C'est exact, c'est pourquoi il faut réinterroger Serge Dubois, le gabarier et rencontrer Jacques Montfort, le propriétaire des marais ainsi que René Daguet, le paludier. Nous nous rendrons sur place. Monsieur Talord, pourrez-vous m'accompagner, je suppose que vous connaissez mieux que moi l'univers des marais salants.

– Reste le négociant, Pierre Gaudin, intervint le maire, il détient sûrement des informations.

– J'y viens, répondit Guillaume, je me charge de le rencontrer. Je pense que l'on ne peut pas écarter non plus un acte de rébellion. J'ai entendu dire que la ville comptait un certain nombre de contestataires et que plusieurs pamphlets avaient circulé contre les notables. Il faudra donc interroger les opposants les plus virulents, capables d'actions d'éclat. Cette hypothèse paraît à priori peu probable dans le cas qui nous occupe mais rien ne doit être négligé. Un autre point devra également être vérifié : il faudra s'assurer que la victime n'exerçait pas un métier tel que représentant du fisc ou de la justice. On se trouve peut-être face à une vengeance.

– Il est vrai que les collecteurs d'impôts ou les représentants de l'ordre sont souvent molestés par la population, mais Je ne vois personne qui corresponde à notre homme pour ces dix dernières années, répondit le maire, mais nous allons vérifier.

– Je pense que nous avons fait le tour de la question. Quelqu'un a-t-il quelque chose à ajouter ?

– Oui, dit le maire, on peut supposer que le corps a été placé de nuit dans le mulon de sel pour ne pas être vu. Il faudrait demander au gardien du port s'il n'a rien remarqué ces derniers temps.

Après que Guillaume Fleury eut acquiescé à cette proposition, il fut convenu de se retrouver la semaine suivante pour la prochaine audience de police et de faire le point sur les démarches entreprises.

« Devrais-je donc mourir, moi aussi ? »

L'épopée de Gilmanec[13]

Chapitre 7
Un nouveau meurtre

Jeudi 7 juin

Tôt le lendemain matin, Guillaume fut réveillé par la venue du commissaire La Porte.

– Je me permets de vous déranger car on vient de nous signaler la mort suspecte d'une femme. J'ai pensé qu'il fallait venir vous chercher.

Le commissaire Fleury se prépara en toute hâte et suivit son collègue dans les rues du Croisic. Ils arrivèrent dans la rue de l'Hôtel-Dieu, devant une maison étroite à deux étages que longeait une venelle bordée de hauts murs de pierre. À l'intérieur, ils trouvèrent Yves Demé, le voisin, celui-là même qui avait alerté Armand La Porte.

Les deux commissaires de police montèrent jusqu'à la chambre de la victime, là où l'on avait découvert le corps. Une femme menue, d'à peine quarante ans, au visage gracieux malgré les stigmates de la mort, était étendue sur le dos, au milieu du lit, un couteau planté au niveau du cœur. Ses longs cheveux bruns, retenus au niveau de la tête par un bonnet blanc, s'étalaient sur un oreiller finement brodé. Ses yeux étaient clos ; elle semblait dormir. Elle portait une simple chemise blanche. Les draps étaient remontés jusqu'à la taille à l'endroit où ses mains avaient été entrelacées en signe d'ultime prière. La pièce était bien rangée, aucune marque de lutte et surtout, aucune trace de sang. La chemise et la parure de lit n'étaient pas éclaboussées comme on aurait pu s'y attendre dans de pareilles circonstances. En soulevant le drap de dessus, on pouvait voir que la chemise était pudiquement descendue jusqu'aux pieds. On aurait dit que quelqu'un avait veillé à ce que tout soit en ordre. Pour quelle raison ? Guillaume se tourna alors vers le voisin :

– Ainsi, c'est vous qui avez découvert le corps ?

– Oui, nous nous inquiétions, ma femme et moi, car nous n'avions pas vu Pauline depuis quatre jours. Cela nous étonnait car elle ne partait jamais bien longtemps, un ou deux jours, quelquefois, chez sa sœur au Bourg de Batz, mais jamais plus. De plus, elle nous avait dit que son chien s'était sauvé, comme cela arrivait parfois. Or, elle ne se serait pas absentée longtemps le sachant en liberté. Et puis, ce matin, vers cinq heures trente, j'ai entendu l'animal hurler et gratter désespérément à la porte d'entrée, alors je suis allé voir. J'ai frappé mais comme personne ne répondait, j'ai poussé la porte qui, chose inhabituelle, n'était pas fermée à clé. Je suis entré, et là, une odeur désagréable m'a pris à la gorge. Le chien est monté précipitamment à la chambre de sa maîtresse. Je l'ai suivi et voilà ce que j'ai découvert. J'ai emmené la bête chez moi et je suis tout de suite allé chercher le commissaire La Porte chez lui.

– Vous connaissiez bien la victime ?

– Bien sûr, c'était une amie de ma femme. On se voyait souvent. Son mari était, comme moi, il pêchait la sardine tandis que Pauline vendait le poisson sur le port. Quand Pierre est mort noyé, il y a deux ans, lors d'une violente tempête qui a fait gîter son bateau, Pauline a continué la vente pour d'autres pêcheurs.

C'était vraiment une brave femme appréciée de tout le monde et je ne vois vraiment pas pourquoi on aurait voulu la tuer.

– Quand l'avez-vous vu pour la dernière fois ?

– Eh bien, attendez que je réfléchisse… C'était samedi. En fin d'après-midi, nous avons fait une promenade jusqu'au Mont Esprit tout en cherchant le chien, justement. Ensuite, nous avons mangé ensemble chez moi et elle est partie vers neuf heures du soir. Tout semblait aller bien. Elle nous avait dit qu'elle comptait rendre visite à sa sœur au Bourg de Batz mais ne nous avait pas précisé la date. C'est pour cette raison que nous ne nous sommes pas inquiétés quand nous ne l'avons pas vue le lendemain. Ce qui nous a quand même étonnés, c'est que Pauline ne soit pas venue chercher Noémie, ma femme, pour aller à la messe comme elle le faisait chaque dimanche matin. Mais nous nous sommes dit que, contrairement à ses habitudes, elle avait dû partir tôt chez sa sœur.

– Vous êtes absolument sûr que vous ne l'avez pas revue par la suite ?

– Absolument certain, commissaire.

– Au fait, avait-elle un ami, un fiancé ?

– Pas à ma connaissance mais ma femme pourrait peut-être vous en dire plus. Elles étaient très proches et se faisaient probablement des confidences.

Puis, s'adressant à son équipier :

– Monsieur La Porte, pourriez-vous demander au médecin de venir le plus rapidement possible, puis vous interrogerez les autres voisins pour savoir s'ils ont remarqué quelque chose.

Après avoir croqué la scène et transcrit ses premières observations sur son carnet, le commissaire Fleury inspecta minutieusement tous les recoins de la maison. Tout était parfaitement en ordre, aucune trace de vandalisme. Il trouva même quelques pièces de monnaie dans une coupelle sur le buffet de la cuisine, ce qui laissait supposer que le vol n'était probablement pas le mobile de l'agression. Il constata que la fenêtre du couloir du premier étage était entrebâillée. Il pensa à une éventuelle voie d'accès du meurtrier mais se rappela que la porte d'entrée n'était pas fermée à clé.

Sur ces entrefaites, le médecin arriva et se présenta.

– AH ! Encore un mauvais coup de l'Ankou* ! Plaisanta-t-il. À ce rythme-là, il ne restera bientôt plus personne au Croisic. Bon, allons voir votre nouvelle victime.

Après un regard rapide, le médecin ne put s'empêcher d'ajouter :

– Non seulement ils ne s'arrêtent plus, mais vos meurtres ne sont vraiment pas ordinaires. Un inconnu dans un tas de sel et maintenant un cadavre transpercé par un couteau de cuisine sans éclaboussures de sang, moi, je n'ai jamais vu ça. Bon, je m'en occupe tout de suite et je vous appelle quand j'aurai terminé.

Un peu plus tard, alors que le commissaire terminait ses investigations, le médecin vint faire part de ses observations.

– Je viens donc d'examiner la victime. Eh bien, ce que je vais vous dire va sûrement beaucoup vous surprendre : ce n'est pas le couteau qui a occasionné le décès de cette femme ; elle était déjà morte depuis une vingtaine d'heures environ lorsqu'on lui a transpercé le cœur. C'est la seule explication possible au fait qu'il n'y ait pratiquement pas de sang. J'ai noté, en effet, des plaques rouges au niveau du dos provoquées par le reflux du sang vers le bas. J'ai donc recherché la véritable cause de son décès. En regardant très attentivement, j'ai pu déceler sur les oreilles, les doigts et les lèvres de légères traces bleutées qui pourraient être dues à une asphyxie. Pourtant, je n'ai rien trouvé au niveau de la bouche, ni trace de bâillons ou de chiffon qu'on aurait pu y enfoncer. Elle a peut-être été étouffée par un oreiller, c'est ce qui paraît le plus plausible. Ce que je peux dire, en tout état de cause, c'est que ce décès par asphyxie aurait très bien pu passer pour une mort naturelle si on ne lui avait pas assené un coup de couteau.

– Vous voulez dire que le coup de couteau aurait pu être donné post-mortem pour attirer l'attention sur la mort par asphyxie ?

– Ah, ça, à vous de le trouver !

– Qu'avez-vous découvert d'autre ?

– Je n'ai relevé aucun signe de violence, pas de traces de coups ni de liens. Si elle a été étouffée par un oreiller, comme je le crois, elle s'est sans doute débattue mais je n'en ai trouvé aucune trace, ni sur les mains ni sous ses ongles, ce qui m'amène à penser qu'elle a plutôt été agressée pendant son sommeil.

– Aurait-elle été violentée ? demanda le commissaire

– J'ai remarqué des traces de sperme séché en haut des cuisses, mais rien ne prouve qu'elle ait été forcée : je n'ai observé aucune marque de brutalité. Par contre, je peux vous affirmer qu'elle était enceinte de quatre mois environ.

– Une grossesse ! Mais elle n'était pas mariée !

– Vous pensez vraiment que ce soit une condition sine qua non ?

– Non, bien sûr. Je suis juste un peu surpris au vu de la description qu'en a fait le voisin. À part cela, pouvez-vous me préciser la date du décès ?

– Difficile à dire exactement, mais je dirais qu'elle est morte depuis quatre ou cinq jours environ.

Quatre à cinq jours ! pensa Guillaume. Pauline avait donc été tuée dans la nuit du samedi au dimanche, soit quarante-huit heures avant la première victime. L'hypothèse selon laquelle Pauline aurait pu être témoin de la mort de l'« homme de sel » n'était donc pas envisageable. Le mystère s'épaississait, les questions se bousculaient : que voulait-on à cette femme apparemment sans histoire ? Qui avait intérêt à ce que l'on découvre que sa mort était en fait un meurtre ?

Le commissaire se rendit au poste de police. Il prépara un courrier à l'attention du lieutenant général afin de l'informer des derniers événements et le confia à un agent en vue de son acheminement vers Guérande. Lors de ses enquêtes, Guillaume avait toujours eu besoin de visualiser les éléments des affaires qu'il traitait. Cela l'aidait à réfléchir et à mieux comprendre la relation qui reliait les points les uns aux autres. Aussi plaça-t-il le portrait reconstitué de l'« homme de sel » au milieu du mur blanc. À côté, il disposa le dessin qu'il avait fait de Pauline Level. Autour, il plaça les croquis de la flûte hollandaise, son capitaine et l'équipage, le négociant, le gabarier, les tavernes. Une question s'imposa alors à lui : fallait-il créer un lien entre les deux affaires ? A priori, rien ne les rattachait entre elles si ce n'est le fait qu'elles présentaient toutes deux des aspects très particuliers évoquant une mise en scène.

Le commissaire alla chercher sa monture restée à l'écurie de l'hôtel particulier des Calvé et se rendit au Bourg de Batz, accompagné d'un agent de police, pour annoncer la triste nouvelle à la famille de la victime. Arrivé derrière l'église Saint Guénolé, il trouva sans peine la maison de la sœur de Pauline. Par chance, cette dernière était chez elle, préparant le repas de midi, une soupe de légumes et de pain mêlés, pour sa nombreuse tribu.

– Bonjour, nous sommes de la police du Croisic et nous venons au sujet de votre sœur Pauline.

Devant les yeux étonnés de la jeune femme, Guillaume annonça la terrible nouvelle, précisant qu'il s'agissait d'un acte de malveillance commis quelques jours auparavant, probablement pendant le sommeil de sa sœur. N'en croyant pas ses oreilles, celle-ci ne trouva rien à dire sur le moment. Puis, réalisant ce qu'elle venait d'entendre, elle interrogea le commissaire :

– Mais pourquoi a-t-on fait une chose pareille ? Ma sœur était une personne discrète et serviable, je ne vois vraiment pas ce qui a pu se passer.

– C'est trop tôt pour le dire, mais nous allons tout faire pour trouver l'auteur, soyez-en sûre. Mais d'abord, pourriez-vous me parler de votre sœur, vous qui la connaissiez bien ?

– Ma sœur était l'aînée de la famille. C'est elle qui nous a élevés, mes frères et moi, car notre mère était en mauvaise santé et notre père travaillait dur aux marais ou aux champs. Quand nous avons été assez grands pour quitter la maison, Pauline est restée pour s'occuper de notre mère jusqu'à sa mort en 1760. Elle a ensuite rencontré son mari, un pêcheur du Croisic avec qui elle s'est mariée en 1762. Mais celui-ci est mort dans un accident sur son bateau, il y a deux ans, comme on a dû vous le dire.

– Possédait-elle des biens ?

– Non, la maison et le jardin dont elle jouissait appartenaient à son mari et devaient revenir au fils qu'il avait eu d'un premier mariage. Pauline en avait l'usage jusqu'à sa mort.

– Qui est ce fils ?

– Jean-François Level vit depuis longtemps aux Pays-Bas après son mariage avec la fille d'un riche négociant. Il a repris l'affaire de son beau-père et n'attend probablement pas après l'héritage de son père. D'ailleurs, il entretenait de très bonnes relations avec Pauline et passait toujours la voir quand il venait au Croisic.

– Savez-vous si elle fréquentait un homme ?

– Je ne saurai pas vous répondre. Elle ne m'a rien dit, mais elle était très discrète et parlait rarement de sa vie privée. Je sais seulement que son grand regret était de ne pas avoir d'enfants. Elle adorait ses neveux mais aurait tellement aimé avoir les siens.

– Justement, c'est un peu délicat mais saviez-vous que votre sœur était enceinte ?

– Comment ! Vous êtes sûr ? Non, jamais je n'aurais imaginé ça ; elle n'était pas mariée ni même fiancée. Ma sœur était aussi très pieuse et n'aurait jamais eu de liaison hors mariage.

Les deux hommes quittèrent le bourg et reprirent le chemin du Croisic pour se rendre chez Noémie Demé, l'épouse du voisin qui avait découvert le corps. Pauline avait peut-être parlé de cette relation avec son amie. Après les présentations d'usage, Guillaume posa les mêmes questions que celles qu'il avait déjà posées à la sœur de Pauline. Son interlocutrice parut gênée dans un premier temps, mais finit par parler devant l'insistance du commissaire.

– Oui, c'est vrai, Pauline m'avait confié qu'elle était enceinte en me faisant promettre de n'en parler à personne, même pas à mon mari. Mais aujourd'hui... Elle était à la fois très contente de cette nouvelle mais, en même temps, elle redoutait les réactions. Vous savez comment sont les gens dans une petite bourgade comme Le Croisic ! Par contre, elle ne m'a jamais dévoilé le nom du père de l'enfant. J'ai pourtant insisté, vous vous en doutez, mais non, rien. J'ai donc supposé qu'il s'agissait d'un homme marié ou d'une personne haut placée. En tout cas, je peux vous affirmer que je ne l'ai jamais vue en compagnie d'un homme. Pauvre Pauline, elle ne méritait vraiment pas cela ! Elle qui était si heureuse de voir son souhait se réaliser, d'avoir enfin l'enfant dont elle avait toujours rêvé, même si c'était dans le péché. Elle aurait affronté la terre entière pour son petit.

– Savez-vous depuis combien de temps durait leur liaison ?

– Depuis un peu plus de six mois, je crois. J'avais remarqué qu'elle était plus épanouie, plus souriante, vous savez, un peu comme quand on est amoureux. Je l'avais asticotée sur ce sujet et elle avait quand même fini par me parler de sa liaison et de son état. Je pense qu'ils se rencontraient tard le soir vers le Mont Lénigo car je l'ai vu partir une ou deux fois de ce côté.

– Savez-vous si samedi soir, elle s'est rendue à un rendez-vous après vous avoir quittée ?

– Je ne sais pas. Je l'ai vue repartir chez elle, mais elle a très bien pu ressortir plus tard.

Les deux policiers se rendirent ensuite à l'église pour rencontrer le recteur, René Cavaro de kergorre. Guillaume savait que le prêtre, premier recteur du Croisic, était issu d'une famille de la bourgeoisie croisicaise, et qu'il s'acquittait avec beaucoup de soin de sa tâche administrative et pastorale. Certes, il restait classique, solidement ancré dans les doctrines des siècles précédents, mais on le disait aussi proche de ses paroissiens. Or, Pauline étant très pieuse, elle s'était peut-être confiée à lui. Le père Cavaro, qui s'était déjà rendu au chevet de la défunte, était au fait de son décès.

– Vous connaissez Pauline depuis longtemps ?

– Oui, c'était une de mes plus fidèles paroissiennes. Jamais elle ne manquait la messe sauf dimanche dernier mais j'ai pensé qu'elle était peut-être malade ou qu'elle s'était rendue chez sa sœur.

– Avez-vous remarqué quelque chose d'inhabituel ces derniers temps ?

– À dire vrai, oui. Je la trouvais distante, mal à l'aise vis-à-vis de moi. Elle ne venait plus se confesser ce qui m'inquiétait.

– Vous lui avez demandé pourquoi ?

– Bien sûr, je me suis même fâché. Je lui ai rappelé *que l'on pouvait toujours tromper les hommes qui ne voient pas le cœur, mais que l'on ne pouvait pas tromper Dieu qui en pénètre jusqu'aux plus secrets replis*[14]. Malgré cela, elle n'a rien voulu me dire.

– Dites-moi, mon Père, aurait-elle été excommuniée si elle avait fauté avec un homme hors mariage et s'était retrouvée enceinte ?

– Gand dieu, non. Si c'était le cas, je n'aurais sans doute plus beaucoup de paroissiennes. Je lui aurais demandé de se repentir et de régulariser la situation au plus vite.

– Mais si le père de l'enfant était un homme marié ?

– Mais ne me dites pas que Pauline était dans cette situation ? Une femme si droite, si exemplaire, c'est impossible !

– C'est une simple hypothèse, l'enquête nous le dira.

Le recteur assura qu'il prierait, malgré tout, pour le repos de son âme, puis, se tournant vers le Christ en croix, il se signa et dit :

– Que tes pensées, oh Seigneurs, me semblent impénétrables !

En fin d'après-midi, Guillaume réunit son équipe pour dresser un état des lieux de la situation.

– J'ai fait le tour des voisins, dit le commissaire La Porte. Tous décrivent Pauline comme une personne serviable, sans problème. Ils sont atterrés par la nouvelle de sa mort. Personne n'a rien vu sauf une voisine qui a entendu un homme taper à sa porte dimanche après-midi. Il a frappé trois fois puis est reparti devant l'absence de réponse. Elle ne l'a vu que de dos et n'a pas fait spécialement attention, mais elle dit que ce devait être un homme plutôt âgé, habillé simplement d'une chemise recouverte d'un gilet sans manches, d'un pantalon foncé ; les pieds dans des sabots, la tête coiffée d'un chapeau à larges bords. Mais l'homme ne lui rappelait personne qu'elle connaissait ; ça aurait pu être n'importe qui de la presqu'île.

– Dimanche après-midi, Pauline était déjà morte, ce n'est sans doute pas lui qui l'a tuée. Par contre, il pourrait être l'auteur du coup de couteau. Il faut absolument le retrouver.

Puis le commissaire changea de sujet :

– Quelqu'un a-t-il appris quelque chose sur le « fiancé » de Pauline ?

– Non, personne n'a jamais vu d'homme séjourner chez elle depuis la mort de son mari en 1768. Bien sûr, il arrivait que les pêcheurs passent pour lui régler sa part de la vente des poissons mais ils ne restaient pas longtemps. Si elle voyait quelqu'un, c'était vraiment de façon très discrète.

– Nous devons découvrir qui est cet homme, dit Guillaume. Qui sait s'il n'a pas tué Pauline pour éviter le scandale ? Si leur liaison était cachée, c'est qu'il ne voulait surtout pas que cela se sache. Dans ces conditions, l'arrivée d'un « bâtard » ne serait pas la bienvenue.

– Pensez-vous qu'il pourrait y avoir un lien avec l'affaire de l'« homme de sel », s'enquit Michel Talord ?

– Les deux meurtres ont été commis dans le même temps et dans des circonstances très étranges mais il est trop tôt pour tirer des conclusions. Il faut continuer à interroger les voisins, aussi bien au sujet de l'amant que du vieil homme qui a frappé chez elle. Prenez un portrait de Pauline et faites le tour du voisinage.

« Ainsi que la vertu, le crime a ses degrés
Et jamais on a vu la timide innocence
Passer subitement à l'extrême licence »

Racine
Phèdre, Act. IV, sc. II

Chapitre 8
Rapport de la visite du navire hollandais

Samedi 9 juin

Réunis dans la salle du poste de police en cette fin de semaine, les commissaires Fleury et La Porte écoutaient attentivement le rapport de leur collègue concernant la visite du navire hollandais.

– Je me suis rendu le vendredi 7 juin, à sept heures du matin, à bord de la flûte hollandaise, la *Frédérika*, avec six agents de la force publique, pour rechercher d'éventuelles traces de la victime retrouvée dans le mulon de sel, tout près du bateau. Pendant que les hommes fouillaient le navire, j'ai interrogé le capitaine, un certain Hans Werner, quarante-cinq ans, demeurant dans les vieux quartiers d'Amsterdam. Il navigue depuis quinze ans sur des bateaux marchands et depuis six ans sur *la Frédérika*. L'armateur pour qui il travaille s'appelle Börg Jansen domicilié lui aussi à Amsterdam. Les matelots de la flûte sont au nombre de seize, dont deux officiers. C'est la première fois que le navire accoste au Croisic. D'habitude, il descend jusqu'à Bourgneuf pour livrer sa marchandise et charger du sel mais cette fois, le capitaine avait reçu l'ordre de se rendre au Croisic car le port breton-vendéen est devenu difficilement accessible du fait d'un ensablement progressif. La *Frederika* est amarrée dans notre port depuis le 5 mai. L'équipage a d'abord livré son chargement, des tonneaux de rogue* provenant de Norvège pour la pêche à la sardine ainsi que des mâts de bateaux, puis il a commencé à embarquer le sel. Vous connaissez la suite. Le capitaine comptait repartir demain mais son départ est bien compromis. Les agents de police ont d'abord fouillé la cale à demi remplie de sel mais aussi de vivres, de tonneaux d'eau douce, des cordages, de poulies et apparaux* de rechange pour assurer la maintenance du bâtiment au cours des voyages. Ils ont ensuite inspecté les ponts : le faux-pont comportant une partie des vivres et de l'accastillage, le pont intermédiaire pour le couchage et les repas des matelots, le pont supérieur avec ses canots et ses canons en cas d'attaques ennemies. Ils ont poursuivi leur visite par le gaillard d'avant réservé aux manœuvres ainsi que le gaillard d'arrière comportant les cabines des officiers. C'est là qu'ils ont inspecté celle du capitaine et, en examinant les parois, ils ont découvert une porte dissimulée dans les boiseries. Cette porte ouvrait sur un cagibi suffisamment grand pour cacher une personne, mais celui-ci était vide. Nous avons fouillé minutieusement ce réduit, mais nous n'avons rien trouvé, même pas de poussière. On aurait dit qu'il avait été nettoyé depuis peu. Le capitaine, interrogé à ce sujet, a nié formellement avoir abrité un passager clandestin. Nous avons également rapporté le cahier de comptes, le coffre ainsi que le livre de bord pour que nous puissions les examiner.

– Qu'ont donné les interrogatoires des membres de l'équipage ?

– Personne n'a rien vu ni entendu. Je connais bien ces gens, ils ne diront rien même s'ils savent des choses, par solidarité ou parce qu'ils ont peur des représailles. Vous savez, il peut s'en passer des choses en pleine mer !

– Bon travail, dit le commissaire Fleury. Il faut retarder le départ du bateau jusqu'à nouvel ordre. Demandez aussi au miseur d'étudier les comptes et j'examinerai moi-même le livre de bord.

– Je suis également passé au bureau des douanes, ajouta Michel Talord, mais tous les papiers étaient en règle, le chargement conforme à la déclaration et les taxes payées règlementairement. Rien à signaler de ce côté-là.

« Labourez pendant que le pauvre dort
Vous aurez du blé à vendre et à garder »

Benjamin Franklin
1733

Chapitre 9
Rendez-vous sur la saline

Mardi 12 juin 1770

Pour mieux comprendre le circuit de la livraison du sel, Guillaume avait fait convoquer sur les marais du Roy le gabarier, Serge Dubois, le propriétaire, Jacques Montfort et René Daguet, le paludier. Lui-même était accompagné de Michel Talord, qui avait une bonne connaissance du terrain.

S'adressant dans un premier temps au paludier, il lui demanda de lui expliquer tout le processus du portage du sel. Celui-ci, en professionnel averti, s'exécuta sans peine.

– Quand j'ai ramené le sel au milieu de l'œillet avec mon las, je le hâle sur la ladure. Mais avant toute nouvelle prise, il faut faire place nette et transférer le sel tiré la veille, de la ladure jusqu'au tremet, cette plate-forme que vous voyez là-bas sur le talus. Le sel va rester là, en mulon d'amas, jusqu'à ce qu'il soit chargé sur les gabares et emmené jusqu'au Croisic. Pour cela des porteurs ou des porteresses utilisent des récipients ronds, en bois tourné, que l'on appelle les gèdes. Pour charger la gède, on utilise des salgaies, ces planchettes de bois biseauté que l'on tient dans chaque main et que l'on plonge dans le sel en les joignant pour former une bonne jointée.

– Et combien de jointées fallait-il pour remplir la gède ?

– Une douzaine suffit pour remplir la gède de 60 à 70 livres de gros sel.

– Mais comment font-ils pour porter des charges aussi lourdes ?

– Il faut être deux pour soulever la gède, la déposer sur la tête et l'équilibrer sur la torche* du porteur ou de la porteresse. Comme ça, ils peuvent se relayer au portage et au remplissage des gèdes et s'entraider pour lever les charges. Pendant que le porteur, tenant la gède d'une seule main, va vider le sel sur le trémet, l'autre remplit une gède qu'il ira vider sitôt le retour de son équipier.

– Mais comment peuvent-ils maintenir la gède sur la tête sans se faire mal ?

– Ils se protègent la tête avec un coussinet, la torche. C'est un morceau de toile entortillée, qui est maintenue à l'aide d'un lien passant sous la nuque.

– Et une fois sur le trémet, comment font-ils pour monter le tas de sel ?

– Eh bien, ils commencent par le bas puis tracent une rampe en colimaçon le long du mulon pour jeter le sel de plus en plus haut.

Guillaume s'adressa ensuite au propriétaire, Jacques Montfort.

– Pouvez-vous me dire comment s'est passée la transaction avec le sieur Gaudin ?

– L'an passé, Pierre Gaudin m'a acheté 30 muids* de sel, me demandant de les conserver sur ma saline, ce que j'ai fait. Début mai, il m'a prévenu qu'il envoyait son gabarier pour récupérer le sel et l'acheminer au Croisic.

– Mais le sel ne se dissout pas avec les intempéries de l'hiver ?

– Non, car nous le recouvrons d'argile qu'on lisse avec une pelle. Cette argile, en séchant, protège le mulon en attendant la livraison.

– Il arrive souvent que l'on vous demande de garder du sel sur la saline ?

* Environ 80 tonnes.

– Non, le plus souvent il est enlevé directement à la fin de la saison puis acheminé sur Le Croisic. Mais quelquefois, les négociants préfèrent constituer des réserves pour leurs futurs acheteurs, surtout quand la saison a été bonne avec beaucoup de sel.

Puis, il s'adressa au gabarier.

– Pouvez-vous m'expliquer comment se passe le chargement sur votre gabare ?

– Eh bien, au départ du Croisic, quand la marée commence à monter, je traverse le Traict à la voile, je remonte l'étier jusqu'à la saline à l'aide d'une perche puis j'amarre mon embarcation sur la digue du Traict, à l'emplacement prévu pour ça qu'on appelle « siège de gabare ». Ici, il est en glaise mais il peut aussi être en pierre.

– Où se trouvait le mulon que vous avez chargé pour le sieur Gaudin ?

– Il se trouvait, là-bas, vous voyez, où il y a une croix.

– À quoi sert cette croix ?

– À montrer que le travail est fini et à protéger le marais. Là, le mulon se trouve près de l'étier, ce qui nous a bien facilité la tâche car nous avons pu charger directement le sel dans la gabare, ce qui n'est pas toujours le cas.

– Comment procédez-vous ?

– Le paludier charge le sel avec sa pelle en bois dans les gèdes des porteurs. Ceux-ci se dirigent vers la gabare, traversent la planche en bois qui relie la cale à l'embarcation puis y déversent les gédées et ainsi de suite.

– Combien faut-il de porteurs pour effectuer cette tâche ?

– Une dizaine ; ils travaillent toujours par deux.

– Et comment les recrutez-vous ?

– Quelques jours avant, le crieur passe dans la ville pour informer la population des besoins en main-d'œuvre. Il y a toujours des gens intéressés.

– Pourtant, c'est un travail très fatigant !

– C'est vrai, mais il faut bien vivre, même si ça ne rapporte que quelques sous. Ils ont l'habitude ; la plupart font cela depuis l'âge de 14 ou 15 ans.

– Quel poids de sel mettez-vous de votre gabare ?

– Environ 7 muids* en tout.

– Et que se passe-t-il quand le mulon est éloigné de l'étier ?

---

* Environ 15 tonnes.

– Dans ce cas-là, c'est différent. Les paludiers remplissent de sel des poches de lin avec des pelles et les chargent par trois sur des mules et mulets conduits par de jeunes « toucheurs », des gamins de 9 à 12 ans qui conduisent les bêtes jusqu'à la gabare. C'est aussi un travail très pénible car ils marchent toute la journée pieds nus dans la terre des talus et sont aspergés par des gerbes d'eau boueuse projetées par les sabots des animaux. Ensuite, les hommes prennent les sacs sur le dos par le col et les déversent dans la gabare.

– Pour en revenir au chargement qui nous occupe, je suppose que vous êtes allé jusqu'au Croisic une fois la gabare pleine ?

– Oui, là nous avons procédé de la même manière pour décharger le sel sur la place de la Motte et quand la flûte hollandaise a été prête à embarquer la cargaison, le sieur Gaudin a ordonné d'effectuer la livraison, toujours selon la même technique.

– Je suppose que vous avez fait plusieurs voyages pour remplir la flûte hollandaise ?

– Nous avons dû en faire cinq en tout.

– Et comment faites-vous pour peser le sel ?

– On utilise le mouët ; c'est une mesure en bois posée sur six forts pieds galbés. On place le mouët sur le pont du bateau à charger, on y déverse les gédées de sel jusqu'à ce qu'il soit plein puis on le bascule pour déverser son contenu dans la cale. Ainsi, selon le nombre de mouëts, on connaît le poids de sel.

– Mais n'aurait-il pas été plus simple de décharger directement le sel de la gabare dans la flûte ?

– Oui, c'est ce que nous faisons le plus souvent. C'est le travail des jeteurs qui transbordent le sel avec leur pelle d'une embarcation à l'autre, mais il nous arrive parfois de charger le sel à quai surtout quand le négociant ne sait pas exactement quand le bateau arrivera au port.

Revenant à l'enquête, le commissaire Fleury demanda aux personnes présentes si elles avaient des informations sur l'affaire en cours mais personne ne put apporter d'éléments nouveaux. Ils avaient effectué leur travail comme à l'accoutumée et n'avaient rien remarqué de particulier hormis la découverte du corps le mardi 2 juin.

Cette visite n'avait peut-être pas fait avancer l'enquête mais Guillaume en avait appris beaucoup sur cette activité. Il se montrait admiratif devant le courage de ces hommes et de ces femmes, mais aussi de ces enfants, qui effectuaient ce travail éreintant pour faire vivre leur famille.

« Sans la liberté de blâmer,
il n'est point d'éloge flatteur »

Beaumarchais

Chapitre 10
Entretien avec le négociant

Lundi 11 juin

Comme convenu, Guillaume Fleury se rendit chez le sieur Pierre Gaudin, négociant en sel. Le commissaire savait qu'il pourrait le trouver à cette heure de l'après-midi dans le pavillon de jardin, non loin de l'église. C'est là qu'il recevait ses amis.

– Ah ! Bonjour ! Je suppose que vous êtes le commissaire Fleury ! Asseyez-vous. On m'avait informé de votre visite. Vous voudrez bien excuser mon associé, Julien-Joseph Charrault, mais il s'est absenté pour quelques semaines. Par Dieu, c'est une bien étrange affaire qui nous arrive là ! Pensez donc, un cadavre dans mon tas de sel, voilà qui n'est pas très bon pour le commerce.

– Encore moins pour la victime, ne put s'empêcher d'ajouter Guillaume. Mais, venons en aux faits, si vous le voulez. C'est bien vous qui avez acheté du sel à Jacques Montfort, propriétaire de la saline du Roy ?

– Si fait, commissaire, mes correspondants à Amsterdam, Jean et Christian Van Tarlink, m'ont demandé de leur fournir 80 muids de sel. Ils ont affrété une flûte pour l'expédition, avec Hans Werner comme capitaine. J'ai donc contacté Jacques Montfort à qui j'avais acheté du sel l'an passé et qui avait gardé la marchandise sur sa saline. Lorsque j'ai su que la *Frederika* allait arriver prochainement au port, j'ai envoyé mon gabarier déplacer le sel de la saline jusqu'à la place de la Motte pour le charger ensuite sur le navire.

– Mais, on m'a dit que vous possédiez plusieurs salines.

– Oui, c'est exact, mais tout mon sel avait déjà été écoulé ; je n'avais plus de réserves pour satisfaire mes clients.

– Je suppose que la gabare vous appartient et que Serge Dubois est à votre service !

– C’est bien cela, commissaire. Mes gabares servent surtout au transport du sel, des salines jusqu’au port du Croisic, mais aussi au débarquement du lest. En effet, les bateaux à vide doivent charger des poids dans leur cale, le plus souvent des pierres, pour assurer leur stabilité. Seulement, ils doivent s’en débarrasser pour charger leurs marchandises, mais pas n’importe où, uniquement à des endroits réservés à cet effet. La réglementation est très stricte sur ce point : le capitaine risque une amende s’il ne la respecte pas et les journaliers qui ont déchargé illégalement la gabare voient leur gède cassée. C’est là que mes gars interviennent.

Guillaume Fleury se rappela que ce lest avait servi à créer la montagne d’Esprit et celle du Lénigo ainsi qu’à consolider les quais.

– Combien de gabariers travaillent pour vous ?

– Ils sont quatre, sous la responsabilité de Serge Dubois.

– Depuis quand est-il à votre service ? Enchaîna Guillaume.

– Depuis plus de vingt ans. C’est un homme sérieux en qui j’ai toute confiance. Il m’arrive même de lui demander de me remplacer pour surveiller le chargement des bateaux quand je ne peux pas être là. C'était le cas, justement, mardi, quand on a trouvé l'« homme de sel ».

– Puis-je vous demander où vous étiez ?

– J'étais à l'inhumation de ma tante, à Mesquer, avec mon épouse. Nous sommes partis vers huit heures du matin et sommes rentrés vers six heures du soir. C'est à notre retour que nous avons appris la nouvelle.

– Le capitaine de la *Frederika* nous a dit qu'il venait au Croisic pour la première fois.

– C'est exact. Auparavant, son navire s'approvisionnait à Bourgneuf, qui est aussi un grand producteur de sel. Mais le port s'ensable rendant l'accès de plus en plus difficile. C'est pourquoi mes correspondants hollandais se sont tournés vers nous.

– Je suppose que vous avez rencontré Hans Werner ?

– Bien sûr. À son arrivée, je l'ai accompagné au bureau de l'Amirauté pour l'assister dans ses démarches.

– L'avez-vous revu par la suite ?

– Vous savez, nous les négociants, avons l'habitude d'offrir le gite et le couvert aux capitaines des vaisseaux étrangers qui nous sont adressés.

– Donc, il loge et prend ses repas chez vous ?

– C'est cela. Il préfère être ici que sur son navire. C'est quand même plus confortable.

– Pouvez-vous me dire s'il a passé la nuit de lundi à mardi dernier chez vous ?

– En effet, il a bien dormi chez moi.

– Pouvez-vous me dire où se trouve sa chambre ?

– Au second étage, au fond du couloir.

– Avez-vous entendu du bruit cette nuit-là, des craquements du plancher, une porte qui s'ouvre ou se ferme, un bruit de fenêtre ?

– Personnellement, je n'ai rien entendu mais il faudrait demander aux autres occupants de la maison.

– Qui était présent alors ?

– Mon épouse et mes enfants ainsi que mes six domestiques.

– Si vous le permettez, monsieur, après notre entretien, J'irai à votre domicile interroger les personnes qui s'y trouvent.

– Mais, je vous en prie, commissaire, nous sommes à votre disposition.

– Puis-je vous demander ce que vous pensez du capitaine Werner ?

– D'après ce qu'il ressort de nos conversations, il semble que ce soit un marin expérimenté qui connaît bien son métier. Un peu rude avec l'équipage à ce qu'il m'a paru. Je dirais que c'est un homme courtois, à l'aise en société, un rien séducteur peut-être. En tout cas, il semble jouir d'une situation financière confortable si l'on en juge à la façon dont il s'habille.

Le commissaire prit congé du négociant. Au moment de passer la porte, ce dernier précisa :

– Au fait, commissaire, Christian Van Tarlink, mon correspondant hollandais, est actuellement au Croisic. Il pourrait peut-être vous être utile pour votre enquête.

Guillaume Fleury se dirigea ensuite vers l'imposante demeure à tourelle de la famille Gaudin située près de la chapelle Saint-Yves. Après avoir expliqué les raisons de sa visite à la maîtresse de maison, il interrogea les personnes présentes mais aucune n'avait vu ou entendu quoi que ce soit. Il demanda à voir la chambre occupée par Hans Werner mais la fenêtre donnant sur la rue était beaucoup trop haute pour envisager une sortie de ce côté. Un examen des affaires du capitaine ne fournit, là non plus, aucune information particulière.

« Il vaut mieux ne jamais songer
à chercher la vérité sur aucune chose
que de le faire sans méthode »

René Descartes

Chapitre 11
Deuxième audience de police

Mercredi 13 juin

Comme à l'accoutumée, l'audience de police se tint le mercredi suivant. Après avoir rendu la justice sur les différentes affaires en cours, René de Drézigué clôtura la séance et aborda le sujet qui les préoccupait tous. L'ensemble des membres du conseil était présent, curieux de connaître les avancées de l'affaire. Le maire pria le commissaire Fleury d'exposer son rapport à l'assemblée.

Guillaume présenta d'abord la liste des sujets qu'il souhaitait aborder puis débuta son compte rendu par le rapport établi par les chirurgiens jurés de Guérande qu'il lut à l'assemblée.

« Nous, chirurgiens jurés, demeurant en la ville de Guérande, paroisse Saint-Aubin, certifions que

le mercredi trois juin mil sept cent soixante-dix, monsieur le sénéchal de la communauté nous a requis pour nous transporter en la ville du Croisic pour examen et ouverture du corps d'un homme inconnu retrouvé mort dans ladite ville. Après avoir fait découvrir le cadavre d'une manière convenable, et l'avoir considéré exactement, nous avons trouvé à l'extérieur, la trace d'un coup récent porté à la nuque. Nous avons également remarqué, au niveau du thorax et à la cuisse droite, la marque d'anciennes blessures parfaitement cicatrisées, causées, semblerait-il, par un coup d'épée. Après avoir fait une ouverture premièrement par la poitrine jusqu'au ventre, nous avons remarqué que le foie était enflé, sans doute à cause d'un abus d'alcool. Nous avons fait ensuite une ouverture du bas ventre, mais nous avons trouvé les choses dans leur état naturel. Et enfin, après avoir ouvert la tête et le crâne et en avoir retiré la cervelle, nous n'avons rien remarqué d'anormal. Au vu de l'état du corps, nous pensons que la mort remontait à environ deux jours. Nous estimons, en conséquence, que le décès est dû à un coup violent derrière la tête. En foi de quoi nous avons rédigé le présent rapport que nous affirmons véritable. À Guérande, le quatre juin de l'an mille sept cent soixante-dix-sept »[15].

– Voilà qui confirme ce que nous savions déjà. Il y a là pourtant un élément nouveau : le fait que notre homme buvait, ajouta Armand La Porte.

Le commissaire Fleury fit ensuite le récit de la visite de la flûte hollandaise qui n'avait pas apporté d'éléments nouveaux. Certes, la découverte du cagibi, près de la cabine du capitaine, avait attiré l'attention mais l'examen minutieux n'avait rien décelé qui puisse faire avancer l'enquête. Même si, comme on pouvait le penser, le capitaine avait nettoyé le réduit après la découverte du corps de l'« homme de sel », cela ne prouvait rien. De même les interrogatoires du paludier, du propriétaire de la saline et du gabarrier s'étaient révélés infructueux. Concernant la rencontre avec Pierre Gaudin, Guillaume rapporta que Hans Werner, le capitaine de la *Frederika*, logeait chez lui et qu'il y avait passé la nuit du meurtre et que l'interrogatoire des occupants de la demeure avait confirmé ce point.

De son côté, Jean Bocandé de Kerolland, le miseur, précisa que l'examen des comptes du bateau n'avait pas révélé d'irrégularités.

– Et qu'en est-il de la tournée des estaminets ? demanda le procureur.

Le commissaire La Porte, chargé de cette mission, répondit que la tournée était commencée mais qu'elle nécessitait encore du temps car les débits de boisson et les auberges étaient très nombreux au Croisic. Il précisa que les agents de police avaient fait, par ailleurs, le tour de tous les bateaux amarrés au port, aidés en cela par Jean Thomas, maître des quais, nommé depuis peu par l'Amirauté pour assurer la police du port[16], mais aucun n'avait signalé la disparition d'un homme d'équipage. Personne, du reste, n'avait remarqué quoi que ce soit dans la nuit du meurtre. Michel Talord ajouta que la diffusion du portrait de la victime n'avait pas encore apporté le moindre résultat et que les investigations concernant d'éventuels contestataires restaient infructueuses faute d'éléments suffisamment probants.

Guillaume Fleury dut admettre que, pour l'heure, l'enquête sur l'« homme de sel » piétinait bien que tout soit mis en œuvre pour la faire aboutir. Il proposa ensuite de passer à l'autre meurtre, celui de Pauline Level. Après avoir rapporté en détail tous les éléments de l'affaire, il fit part de ses interrogations concernant le coup de couteau post-mortem. Si, comme cela semblait être le cas, quelqu'un avait voulu attirer l'attention sur le meurtre par asphyxie, qui était-il et pourquoi ?

– Peut-être pour mettre la police sur la voie du véritable assassin, proposa le procureur.

– C'est tout à fait possible, répondit Guillaume, mais dans ce cas, qui est cet assassin ? Nous n'avons, pour l'instant, que la piste du père de l'enfant mais il pourrait peut-être y en avoir d'autres. L'argent ne semble pas être le mobile, mais pourquoi pas la jalousie, la vengeance, la punition pour son péché… Il précisa que plusieurs agents étaient mobilisés pour recueillir des informations auprès des habitants du Croisic.

– Pensez-vous qu'il puisse y avoir un lien entre les deux meurtres, demanda le maire.

Encore une fois, Guillaume Fleury ne pouvait répondre à cette question, celle-là même qui le taraudait depuis le début de l'affaire.

Après la réunion, les trois commissaires se retrouvèrent dans leur bureau. Alors qu'ils commentaient les propos tenus un peu plus tôt, quelqu'un frappa à la porte. C'était un pêcheur, Étienne Tallec, qui disait détenir des informations sur le meurtre de l'homme de sel.

– Asseyez-vous, Monsieur Tallec, et dites-nous ce que vous savez.

– Eh bien, je me trouvais dans le bistroquet du père Brienne, près de la place de la Motte, vendredi dernier, quand j'ai entendu la conversation d'un groupe de matelots de la *Frederika* qui se trouvait juste à côté de nous. Ils parlaient hollandais mais moi je comprenais à peu près ce qu'ils disaient vu que j'ai navigué longtemps sur des bateaux qui faisaient du commerce avec Amsterdam. Parfois, on restait un mois au port, alors on finissait par apprendre leur langue.

– Alors, qu'avez-vous entendu ?

– Y en avait un, le cuisinier je crois, qui disait qu'il avait vu un homme dans la cabine du capitaine alors qu'il lui apportait son repas sur un plateau. Il l'a juste aperçu car le gars en question s'est aussitôt caché dans une remise.

– Avez-vous entendu autre chose ?

– Non, c'est tout. Après ils ont changé de conversation.

Le commissaire Fleury, Michel Talord et Jean-François Bocandé, l'interprète, se dirigèrent aussitôt vers le quai où était amarrée la *Frederika* pour rencontrer le capitaine Werner, mais, arrivés à bord, on leur indiqua que celui-ci s'était absenté.

– Savez-vous où il est allé ? demanda le commissaire Talord

– À Guérande, je crois, mais il nous a dit qu'il serait rentré demain en début d'après-midi.

– Bien, nous le verrons à son retour.

Certes, ils auraient pu interroger le cuisinier, mais ils choisirent de commencer par la déposition du capitaine, quitte à organiser une confrontation par la suite, pour ne pas éveiller les soupçons.

« Un atome d'impureté prendra la plus
noble substance par son contact infamant »

William Shakespeare
Hamlet

Chapitre 12
Une affaire de trafic d'alcool

Jeudi 14 juin

En ce début de matinée, le commissaire Fleury et son équipe se trouvaient dans leur bureau. Plusieurs sujets étaient à l'ordre du jour et la matinée risquait d'être longue.

– Commençons par vous, Monsieur La Porte. Où en est votre tournée des estaminets ?

– Eh bien, suite à l'audience de police de mercredi dernier, nous avons poursuivi notre tour des bistroquets. Nous avons commencé par ceux des quais de la petite chambre pour remonter jusqu'à la place des Canonnières. Dans chaque établissement, nous avons d'abord montré le portrait de l'« homme de sel » puis nous avons interrogé les clients pour savoir s'ils savaient quelque chose à propos du meurtre ou tout événement inhabituel. Comme on pouvait s'y attendre, personne n'avait rien vu ni entendu. Certes, il y avait eu dernièrement des épisodes de soûlerie qui avaient entraîné quelques échauffourées, mais rien que de très banal dans ces lieux essentiellement fréquentés par des marins de passage souvent rustres et impulsifs. Un soir, même, c'était dimanche dernier, les matelots d'un navire espagnol, après avoir passé une bonne partie de leur temps dans les cabarets, en sont venus à faire grand bruit et grand tapage dans les rues du Croisic[17]. Ils se sont battus, ont volé dans les jardins et ont insulté des femmes qui rentraient de l'usine de presse de sardines* située Haute Grand Rue. Le maire lui-même est intervenu pour les calmer, mais tout cela ne semble pas avoir de lien avec notre affaire. Nous repartions donc bredouilles de notre tournée, hier, en fin de soirée, quand un homme nous a rattrapés. Après avoir tenté de marchander son information, il nous a révélé qu'il avait vu, à plusieurs reprises, Hans Werner, le capitaine de la *Frederika*, en grande discussion avec la femme Drumel, patronne du cabaret « le Cap'tain », situé dans une petite rue perpendiculaire au Port Ciguet. Il se trouve, ajouta Armand La Porte, que nous soupçonnons depuis un certain temps cette femme de trafic d'alcool mais sans avoir pu le prouver.

– Je suppose que la contrebande d'alcool est chose courante au Croisic, demanda Guillaume.

– Comme dans tous les ports de France, répondit le commissaire La Porte, c'est un véritable fléau que nous ne réussissons pas à maîtriser. De plus, les fraudeurs sont très malins et disposent de moyens d'information insoupçonnés. Tenez, laissez-moi vous raconter la mésaventure qui est arrivée à votre supérieur, Monsieur de Villeneuve[18]. Un jour que les commis aux devoirs* l'avaient informé d'un trafic de vin au Croisic, il avait organisé une descente de police. Il s'était entouré d'un adjoint et d'un greffier pour dresser procès-verbal. Mais, entre la plainte et la perquisition, nos contrebandiers avaient eu le temps de faire disparaître toutes les traces d'effraction. La visite aura tout de même permis de goûter les liqueurs et de demander 24 livres pour les frais.

– Ah ! dit Guillaume en souriant, encore un sujet de rancœur de notre sénéchal vis-à-vis des Croisicais. Cela dit, il nous faut derechef rendre une petite visite à notre tenancière. Qui nous dit qu'il n'y aurait pas un lien entre notre affaire et ce trafic d'alcool ? Le cagibi attenant à sa cabine aurait très bien pu servir à entreposer du vin de contrebande.

– Attendez, rétorqua le commissaire La Porte, nous n'avons pas de preuve formelle. Si on veut prouver la vente illicite d'alcool, il faudra la prendre en flagrant délit. Or, on ne pourra pas entrer chez elle aussi facilement, elle refusera de nous ouvrir sa porte. Il nous faut trouver un moyen de déjouer sa méfiance.

Les trois hommes réfléchirent à une stratégie pour pénétrer dans les locaux. Après s'être mis d'accord sur la marche à suivre, ils se dirigèrent vers le port. À cette heure de la journée, le bistroquet n'était ouvert qu'à une clientèle privée, et il fallait montrer patte blanche pour entrer. Le commissaire Fleury frappa à la porte[19].

– Qui frappe ? demanda la femme Dumel

– Moi, Lehuédé, un ami, répondit Guillaume

– Quel ami ?

– Moi, Jean Lehuédé, paludier.

La patronne ouvrit la porte et les commissaires, rejoints par trois commis aux devoirs, purent faire leur perquisition. Ils trouvèrent sans peine deux barriques de vin d'Ancenis et trois d'eau de vie qui ne figuraient pas sur les livres de compte. Prise au dépourvu, la tenancière, une belle femme plantureuse à la langue bien pendue, se défendit vigoureusement :

– Ce sont des barriques que l'on m'a données, ce n'est pas interdit quand même !

– Et qui vous les a données ? demanda le commissaire La Porte

– Un ami de passage ; il a quitté la région.

– Qu'aviez-vous l'intention de faire de ces barriques ?

– Ben, c'est pour ma consommation personnelle, pardi.

– Pour votre consommation personnelle, bien sûr ! Ironisa Michel Talord. Votre ami de passage ne s'appellerait pas Hans Werner quelquefois ?

– Jamais entendu parler.

– Ne nous racontez pas d'histoires, on vous a vue en grande discussion avec lui.

– Et alors, je cause avec qui je veux !

– Oui, mais il y a eu un meurtre juste à côté de son bateau.

– J'y suis pour rien, moi, dans cette affaire.

– C'est vous qui le dites. On trouve des barriques de contrebande chez vous et on sait que vous avez des liens avec le capitaine Werner. Vous ne croyez pas qu'il y a là de quoi se poser des questions ?

– Ce qu'on pense, reprit Armand La Porte sur le ton de la provocation, c'est que vous étiez en cheville avec Hans Werner pour lui livrer de la marchandise frauduleuse mais que votre trafic a été découvert par l'« homme de sel », alors vous et votre complice, le capitaine, avez décidé de le tuer.

– Comme vous y allez, commissaire ! Pardieu ! Tuer un homme pour des barriques de vin, c'est pas un peu exagéré ?

– Alors, dites-nous de quoi vous parliez avec Hans Werner.

– Ça, j'peux pas vous l'dire.

– Vous préférez qu'on vous embarque pour complicité de meurtre ?

– C'est pas c'que vous croyez.

– Alors, qu'est-ce qu'on doit croire ?

– Eh bien, le capitaine et moi, on avait, comme qui dirait, une relation, si vous voyez ce que j'veux dire.

« Sortons de la caverne du monde
des apparences pour accéder au vrai »

Platon

Chapitre 13
Interrogatoire du capitaine Hans Werner

Dans le courant de l'après-midi, les commissaires Fleury et La Porte accompagnés de Jean-François Bocandé, l'interprète, attendaient, au poste de police, le capitaine Werner qu'un agent était allé chercher sur la *Fréderika*. Celui-ci arriva, d'apparence parfaitement à l'aise.

– Capitaine, nous voulions vous rencontrer car nous avons plusieurs points à éclaircir. Nous avons la preuve que vous avez hébergé un passager clandestin sur votre bateau et que vous l'avez caché dans le réduit à côté de votre cabine. Nous avons toutes les raisons de penser qu'il s'agit de l'homme que l'on a retrouvé dans le tas de sel. Qu'avez-vous à nous dire sur ce point ?

– C'est vrai, reconnut Hans Werner d'un air dégagé, j'ai bien transporté un passager clandestin mais ce n'est pas un crime, c'est même chose courante sur les bateaux, vous le savez bien. Par contre, cette histoire de meurtre, moi, je n'ai rien à voir là-dedans.

– Vous le connaissiez, je suppose.

– Oui, je l'ai rencontré, il y a environ deux ans, dans une taverne d'Amsterdam. Il s'appelle Joël Hardouin et il est originaire de Vannes.

– Comment est-il arrivé à Amsterdam ?

– D'après ce qu'il m'a dit, il a navigué sur un bateau négrier qui a été capturé par des corsaires anglais au large de Saint Domingue. De là, il s'est embarqué sur un navire hollandais qui l'a emmené à Amsterdam. Au début, il vivait grâce à l'argent qu'il avait mis de côté durant son voyage, mais, par la suite, je ne sais pas. Vous savez, je ne le connaissais pas très bien. Il y a deux mois, il est venu me trouver car il avait entendu dire que mon bateau appareillait pour Le Croisic. Il m'a demandé de l'embarquer mais il tenait absolument à ce que cela reste secret. J'ai accepté et il a payé son voyage d'avance.

– Savez-vous pourquoi il voulait aller au Croisic ?

– Pour revoir quelqu'un qui lui tenait à cœur, à ce qu'il a prétendu, sans doute une petite amie, mais aussi pour revoir sa mère à Vannes. Je n'en sais pas plus.

– Deviez-vous le ramener à Amsterdam ?

– Non, c'était juste un aller. Il pensait rester dans la région.

– Et pourquoi tant de mystère ?

– Il m'a expliqué qu'il avait séjourné quelque temps au Croisic et qu'il était recherché par la police pour avoir participé à un vol d'étoffes provenant d'un régiment stationné non loin de la bourgade en 1759[20]. Même si le temps avait passé, il avait peur d'être reconnu.

Cela confirmait les propos de René de Drézigué qui avait suggéré, au début de l'enquête, que si l'on avait défiguré la victime, c'était peut-être pour que l'on ne la reconnaisse pas et donc qu'elle était probablement déjà venue au Croisic. Le commissaire Fleury poursuivit :

– Pourquoi ne pas nous avoir dit tout cela au début de l'enquête ?

– Cela va de soi. J'avais bien trop peur d'être soupçonné et je craignais que le bateau reste immobilisé au Croisic.

– Mais, c'est le cas à partir d'aujourd'hui.

Le capitaine soupira. Il avait hâte de rentrer chez lui, loin de cette histoire sordide. Il se savait suspect et devait convaincre à tout prix le commissaire Fleury de son innocence. Il enchaîna :

– Commissaire, pensez-vous vraiment que, pas si j'avais tué cet homme, je l'aurais caché juste à côté de mon bateau sachant qu'il allait être découvert d'un moment à l'autre ? Ne croyez-vous pas que je l'aurais plutôt dissimulé dans un endroit où vous ne l'auriez pas retrouvé de sitôt ?

– Quelqu'un dans l'équipage avait-il une raison de s'en prendre à lui ?

– Non, il n'a pas quitté sa cabine et n'a eu aucun contact avec les marins à bord.

– Autre chose, capitaine, nous avons appris que vous entreteniez des relations avec la femme Drumel.

– Eh, alors, c'est interdit ? Je ne vois pas en quoi cette liaison vous intéresse.

– Ce ne sont pas vos amours qui nous intéressent, mais le fait que cette dame fasse du trafic d'alcool et que vous pourriez bien y être mêlé.

– Commissaire, j'image que vous n'avez rien pour prouver ce que vous avancez. Je vous promets que je n'ai rien à voir avec cette histoire.

– Une dernière chose, capitaine. Pouvez nous dire ce que vous faisiez à Guérande dans la journée d'hier ?

– Je ne voulais pas quitter le pays sans visiter cette fameuse cité médiévale. J'ai retrouvé là-bas un charpentier de marine que j'avais rencontré à plusieurs reprises à Amsterdam. Il m'a hébergé pour la nuit, vous pouvez vérifier.

– Bon, capitaine, je ne vous garde pas au poste mais votre navire est retenu au port jusqu'à nouvel ordre.

Sitôt Hans Werner parti, Guillaume se rendit chez Pierre Gaudin, le négociant, et demanda à parler à Christian Van Tarlink, son correspondant à Amsterdam.

– Bonjour ! Je suis le commissaire Fleury et j'enquête sur les meurtres survenus au Croisic. Pierre Gaudin, que j'ai rencontré dernièrement, m'a dit que vous pourriez peut-être m'aider. J'ai un renseignement à vous demander. Connaîtriez-vous, par hasard un certain Joël Hardouin, un français, qui séjournait à Amsterdam ?

– Joël Hardouin, vous dites ? répondit Christian Van Tarlink dans un français très correct, ce nom me dit quelque chose, attendez… Ah oui, ça me revient. C'est un peintre qui tente de se faire un nom dans le milieu artistique. Il s'inspire des grands classiques néerlandais comme Rembrandt ou Van Dick.

– Avez-vous eu l'occasion de le rencontrer ?

– Non, mais j'ai vu quelques-unes de ses toiles à une exposition de jeunes artistes. Il a un certain talent, c'est incontestable. Mais, vous savez, il est très difficile de s'imposer dans un pays comme la Hollande qui compte trois fois plus de peintres que de bouchers.

– Il « avait » un certain talent, j'en ai bien peur, ne put s'empêcher de préciser le commissaire.

De retour au poste de police, Guillaume rédigea une dépêche qu'il fit envoyer à la police d'Amsterdam pour obtenir des informations sur la victime. Il demanda ensuite au commissaire La Porte de se rendre sur-le-champ à Vannes pour trouver des renseignements sur Joël Hardouin. Puis il pria Michel Talord de rechercher dans les dossiers judiciaires de la ville des traces de cette histoire de vol d'étoffes.

Quatre jours plus tard, les trois commissaires se retrouvèrent au poste de police. Armand La Porte prit la parole :

– Je me suis rendu, comme vous me l'aviez demandé, au bureau de la Sénéchaussée de Vannes où j'ai pu rencontrer le lieutenant de police. Après lui avoir expliqué la situation, je lui ai demandé s'il connaissait une famille du nom de « Hardouin ». Il se trouve qu'il était au fait de ce nom car la veuve Hardouin, Francette de son prénom, était décédée quelques mois plus tôt d'une mort subite et indéterminée, ce qui avait motivé l'intervention de la police. Mais l'enquête n'avait rien révélé qui puisse mettre en doute une mort naturelle, vraisemblablement un arrêt du cœur. Le lieutenant m'a ensuite indiqué le nom d'une voisine, Émeline Letiec, qui connaissait la famille Hardouin depuis longtemps. Je m'y suis donc rendu et me suis retrouvé devant une modeste maison de ville. La Dame Letiec, une femme d'une soixantaine d'années, au visage avenant et à la tenue soignée, m'a fait entrer dans un salon meublé simplement mais propre et accueillant. Quand je lui ai demandé si elle connaissait Joël Hardouin, elle m'a dit qu'elle l'avait vu naître et grandir. Bien sûr, elle m'a interrogé sur les raisons de ma visite mais j'ai invoqué un simple recensement des gens de la mer.

– Alors ? demanda Guillaume, impatient de connaître la suite du récit.

– Eh bien, elle m'a d'abord décrit Joël comme un beau garçon, sérieux et honnête, très attaché à sa mère et qui ne fréquentait pas les lieux malfamés comme beaucoup de marins. Elle m'a ensuite expliqué que Joël, le fils unique de Francette, avait d'abord été mousse, novice puis marin sur un bateau de commerce, comme son père mort en mer alors qu'il était enfant. Le jeune homme avait ensuite suivi des cours à l'école d'hydrographie de Vannes pour devenir officier. C'est juste après ses études qu'il était parti pour Nantes où il s'était embarqué sur une frégate pour une expédition au long court. Mais plusieurs mois après son départ, sa mère n'avait plus reçu aucune nouvelle de lui. Cela l'étonnait beaucoup car Joël ne l'aurait jamais laissée ainsi, sans donner signe de vie. Bien sûr, Francette s'était renseignée auprès de l'amirauté de Nantes. On lui avait répondu que son fils avait bien embarqué dans cette ville, sur l'Odette, un bateau négrier, mais que celui-ci avait été attaqué par un navire-corsaire anglais au large de Saint-Domingue. Joël avait été blessé pendant la bataille mais un chirurgien britannique l'avait remis sur pieds. Pourtant, on ne l'avait plus revu par la suite. Avait-il trouvé la mort ? Nul ne pouvait le confirmer. Ainsi, après avoir longtemps espéré son retour, Francette avait fini par accepter l'idée du décès de son fils. Tellement de marins ne revenaient jamais de ces longues traversées en mer ! Elle avait même prévu de léguer ses maigres biens à l'église après sa mort.

– En somme, cela confirme les dires du capitaine Werner. Mais pourquoi ce fils si attentionné n'a-t-il plus donné de ses nouvelles à sa mère après l'attaque du bateau ? Qu'est-ce qui a provoqué ce soudain changement de comportement ? Pourquoi s'est-il mis à boire et à traîner dans les ports ? Voilà qui est surprenant. Avez-vous montré le portrait de Joël à la dame Letiec ? demanda Guillaume

– Si fait, Monsieur. Quand je lui ai présenté le dessin à la plume que j'avais emporté, elle l'a tout de suite reconnu. Certes, ce n'était pas facile car le temps avait passé, mais elle était pratiquement sûre que c'était lui.

Puis ce fut au tour du commissaire Talord de prendre la parole : il avait effectué des recherches sur l'affaire des étoffes volées mais n'avait pas pu établir le rapprochement avec Joël Hadouin. Pourtant, il avait bien retrouvé les noms de deux soldats qui avaient commis le vol ainsi que celui d'une lingère qui s'était chargée de teindre les tissus pour les revendre mais aucune trace du Vannetais. Sans doute, n'avait-on pas pu prouver son implication dans cette affaire.

Guillaume Fleury était plutôt satisfait, l'enquête avançait, on avait retrouvé l'identité de l'homme de sel mais un point essentiel restait en suspens : le mobile.

« L'humanité ne sera heureuse que le jour
où le dernier des tyrans aura été pendu
avec les tripes du dernier prêtre »

Abbé Jean Mesnier[21] (1664 – 1729)

Chapitre 14
La vie de Guillaume au Croisic

Le commissaire passait une grande partie de sa journée à son travail, à la recherche d'indices pouvant faire avancer l'enquête. Il dînait la plupart du temps chez les Calvé et était parfois convié aux soirées organisées par ses hôtes : tantôt jeux de cartes, tantôt réception dans le salon pour parler mode, littérature et même philosophie. Le cercle des invités se concentrait essentiellement sur les familles les plus en vue du Croisic comme les Bocandé, les Morvan, les Lemée, les Laragon, les Gardeman. Guillaume y faisait bonne figure mais ne se sentait pas véritablement à son aise dans cette société quelque peu fermée et conservatrice. Certes, il retrouvait là, à une moindre échelle, l'ambiance des soirées rémoises qui réunissaient gros négociants de draps et de vins, universitaires et officiers, mais il préférait la compagnie des gens du peuple dans leur authenticité et leur simplicité.

En ce soir de douce chaleur où une brise légère ramenait, par les fenêtres largement ouvertes, les senteurs iodées du large, le commissaire suivait avec intérêt le récit de campagne de Jean Morisseau, capitaine du dernier navire croisicais à poursuivre la pêche à la morue dans les eaux de Terre-Neuve. Celui-ci racontait, avec allant, comment son navire de 100 tonneaux, l'*Émulation*, chargé de sel et de 18 hommes d'équipage, avait ramené l'an passé, après six mois de voyage, plus de 11 400 morues et 4 barils d'huile quand, soudain, Guillaume vit apparaître dans l'encadrement de la porte, une jeune fille ravissante dans sa robe de satin moiré bleu clair assortie à la couleur de ses yeux. Sa chevelure très brune, ramenée en un chignon agrémenté d'anglaises savamment réparties, apportait un contraste saisissant à l'azur lumineux de son regard. Jean Morisseau fit les présentations :

– Ah ! Commissaire, laissez-moi vous présenter Camille Bredford, la fille d'un ami que j'ai rencontré lors de mes voyages. Elle vient d'Angleterre, de Brighthelstone très exactement, mais, aujourd'hui, on dit plutôt Brighton, c'est plus simple ; elle est venue passer les mois d'été chez nous pour parfaire son français et découvrir le pays.

La jeune fille répondit en français au salut de Guillaume avec un délicieux petit accent anglais. Elle détonnait, dans ce salon guindé, par sa fraîcheur, sa légèreté, l'aisance avec laquelle elle évoluait dans cet environnement quelque peu austère. Elle engagea la conversation :

– Connaissez-vous Brighton, commissaire ?

– Hélas ! Non, répondit-il, mais je ne désespère pas de m'y rendre un jour.

– Savez-vous qu'à Brighton, on prend des bains de mer ?

– Vous voulez dire qu'on se baigne dans la mer ? répondit Guillaume, ébahi.

– Tout à fait. Un médecin de chez nous, le docteur Russel, s'est aperçu que l'eau de mer pouvait guérir certaines maladies comme la scrofule, par exemple, qui fait tellement de ravages parmi les populations. Depuis qu'il a publié son livre sur les bienfaits des cures marines, des milliers de personnes viennent prendre des bains de mer à Brihgton. C'est devenu la grande mode en Angleterre.

– Pardonnez-moi cette question, osa Guillaume, mais dans quelle tenue se baignent ces gens ?

Camille éclata de rire :

– Eh bien, les hommes se baignent nus et les femmes portent une sorte de combinaison qui les couvre de haut en bas.

– Eh bien, nous ne risquons pas de voir cela en France, jamais l'Église ne le permettrait.

Les deux jeunes gens poursuivirent leur conversation sur un ton badin. Camille décrivait la société anglaise avec une ironie qui enchanta Guillaume.

Plus tard, dans l'intimité de sa chambre, le commissaire garda en tête l'image enivrante de Camille mais, au-delà de l'émotion que la jeune personne avait suscitée en lui, une autre image venait irrémédiablement se superposer, ravivant les douleurs du passé.

Au-delà des soirées passées chez les Calvé, Guillaume appréciait de prendre ses repas de midi à l'auberge de la Grappe d'Or où il avait pris ses habitudes. La patronne le recevait chaleureusement et il y retrouvait parfois Thomas Leroux, le capitaine du *Saint-Yves*, avec lequel il aimait disserter sur le monde. Thomas, originaire du Croisic et fils d'un armateur prospère qui avait voulu faire de son fils un homme érudit, avait poursuivi des études de lettres à Paris. Aussi possédait-il une grande culture littéraire, même si l'appel de la mer, plus fort que tout, l'avait ramené à ses origines. Ce jour-là, la discussion porta sur la religion.

– Voltaire a bien raison quand il dit « Écrasez l'infâme ! ». L'église a versé trop de sang. Voyez les croisades et l'Inquisition, la « sainte Inquisition » comme on l'appelle. Mais comment peut-on parler de tolérance, de miséricorde et d'amour du prochain quand on tue atrocement et en toute impunité ceux qui ne pensent pas comme vous ? clamait Thomas Leroux.

– C'est vrai, mais tout cela est de l'histoire ancienne. Il faut reconnaître que l'église a fait aussi beaucoup de bien. Regardez ces curés qui se dévouent pour leur paroisse, ces religieux qui s'occupent des pauvres et des malades. La population a besoin d'eux, elle a besoin de guides spirituels.

– Je ne parle pas de ceux-là, je parle de l'Église en général, de l'autorité papale, qui détient beaucoup trop de pouvoir politique. Je ne suis pas pour la suppression de l'église, elle est indispensable à la population, mais pour une séparation d'avec l'État en la confortant dans son rôle humanitaire et spirituel.

– Comme vous y allez, mon cher, la France est beaucoup trop conservatrice pour envisager de telles révolutions. J'ai grandi à Reims, à l'ombre de la cathédrale Saint-Rémi, l'église du sacre des rois, et je ne peux même pas imaginer une telle rupture entre ces deux entités indissociables depuis la nuit des temps.

– L'Église n'est pas la seule à incriminer. Il serait grand temps de revoir ces privilèges accordés aux plus fortunés alors que le peuple croule sous des impôts et des taxes qui ne cessent d'augmenter. Regardez la capitation*, cette taxe aurait dû s'appliquer à toutes les couches de la société, eh bien certains nantis refusent de la payer au nom de leur statut social. Je précise, il faut bien le reconnaître, que ce n'est pas le cas au Croisic où chacun paie son dû.

– Méfiez-vous de vos propos, ils pourraient peut-être vous nuire s'ils étaient répétés. On pourrait vous accuser de comploter contre le régime, plaisanta Guillaume. Toutefois, je vous rassure tout de suite, ces discussions resteront strictement entre nous.

– Ne croyez pas que je sois le seul à tenir ce genre de discours. Lors de mes voyages, j'ai rencontré de nombreux navigateurs français et même étrangers qui sont au fait des grandes idées philosophiques développées par Voltaire, Rousseau, Diderot, Montesquieu… Certes, ces courants de pensée circulent surtout à Paris, dans les milieux éclairés de la bourgeoisie, mais elles se répandent peu à peu. Qui sait si un jour elles ne vont pas transformer notre pays.

Guillaume se montrait incrédule vis-à-vis des propos de son nouvel ami, le qualifiant mentalement d'idéaliste, d'utopique. À Reims, où il avait toujours vécu, ces idées nouvelles ne s'étaient pas encore développées, bien que la ville ne soit située qu'à seulement 40 lieues de Paris. La cité des Sacres, il faut bien le dire, conservait des traditions locales bien ancrées. Pourtant il sentait bien que ces idées pénétraient insidieusement son esprit sans qu'il ne puisse véritablement les repousser.

« Nulle qualité de la nature humaine n'est
plus remarquable que la tendance naturelle
que nous avons à sympathiser avec les autres »

Hume

Chapitre 15
Le père Thibaud

Jeudi 21 juin

Les jours passaient sans apporter d'éléments nouveaux. Certes, on savait maintenant qui était l'« homme de sel » mais on n'avait toujours pas trouvé qui l'avait tué ni pourquoi. C'était surtout le mobile qui tracassait le commissaire Fleury. Il savait qu'en le découvrant, il avait toutes les chances de trouver le meurtrier. En désespoir de cause, il décida de reprendre tout depuis le début. Il relut les notes que le commissaire La Porte avait prises lors de la découverte du corps. Parmi les écrits, il remarqua un élément anodin qui n'avait pas été exploité. Il avait été noté que, après avoir regardé attentivement le visage de la victime, la veuve Tilly avait eu une seconde d'hésitation puis s'était aussitôt ressaisie. Guillaume se rendit alors auprès d'Armand Laporte.

– Dites-moi, qui est cette veuve Tilly ?

– Oh, la mère Tilly, elle habite à Batz, dans le village de Trégaté où elle tient un estaminet. Aujourd'hui, elle a bien dans les soixante-dix ans. Ah, ça, elle a dû en voir passer du monde.

Le commissaire Fleury prit aussitôt sa monture et prit la direction de Trégaté. L'estaminet de la mère Tilly se situait juste à l'entrée du village. À cette heure de la journée, il n'y avait que deux clients attablés devant un verre de vin. La pièce était plutôt sombre, éclairée seulement par une étroite fenêtre, les murs décrépis par endroits, égayés par un petit tableau de la baie de Saint-Michel. Le commissaire repéra la patronne derrière le comptoir. Il se présenta et demanda à lui parler à l'abri des oreilles indiscrètes. Ils s'installèrent dans la cuisine attenante.

– Dites-moi, vous étiez bien sur la place de la Motte quand le corps de la victime a été découvert ?

– Si fait, j'allais voir mon fils, qui habite près de l'église. Maintenant, il pêche la sardine, mais avant il faisait la pêche à la morue.

Pour sûr, il partait longtemps mais il gagnait bien sa vie. À c't'heure, c'est fini, il n'y a pu qu'un bateau, *l'Émulation,* avec une quinzaine de marins à bord, qui la fait. Le René David, le maire du Croisic, il a bien essayé de la relancer, mais ça n'a pas marché. Mon fils, il a une femme et trois gosses à nourrir, et la pêche à la sardine ça ne suffit pas pour faire bouillir la marmite. Je les aide comme je peux. Enfin, c'est comme ça. Bon, oui alors je descendais la place du marché aux grains quand j'ai vu un attroupement sur la place de la Motte, alors je suis allée voir.

– J'ai lu que vous aviez eu un moment d'hésitation quand vous avez vu le corps, vous pouvez me dire pourquoi ?

– Ah oui, c'est vrai, y m'a vaguement fait penser à quelqu'un mais c'est pas possible. Et puis, vous savez, j'suis vieille, j'y vois plus très bien.

– Dites toujours, on ne sait jamais.

– Pour sûr, vous allez me prendre pour une folle mais puisque vous insistez. Voilà, j'ai cru reconnaître le Loïc Leguern, mais il est mort il y a déjà longtemps.

– Qu'est-ce qui vous a fait penser à lui, surtout avec son visage tuméfié et son crâne rasé ?

– Difficile à dire. C'était comme une sorte de vision. Peut-être la forme de son visage.

– Et vous le connaissiez bien ce Loïc Leguern ?

– Il venait des fois dans mon estaminet pour boire un coup, mais je n'ai pas grand-chose à en dire.

– À quoi ressemblait-il ?

– C'était un beau garçon blond comme les blés. Il était plutôt grand, bien proportionné. Mais, vous devriez plutôt aller voir son beau-père, le Joseph Thibaud, qui habite Kervalet. Il vit avec sa petite fille Marie, l'enfant de Loïc et de Jeanne qui est morte en couches. Vous verrez, c'est une sacrée belle gamine. Leur maison se trouve sur le chemin qui mène aux marais salants, vous ne pouvez pas vous tromper. Joseph pourra vous en parler mieux que moi.

Ayant quitté le hameau de Trégaté, Guillaume prit le chemin de Kervalet qui longeait la saline de Sibéan, là où l'on avait retrouvé le corps de Marguerite Pichon, la sage-femme. Dominant cette saline, se dressait un hameau de bonne taille, avec ses maisons étroitement serrées les unes contre les autres. Cheminant dans les ruelles, Guillaume put découvrir des demeures hautes, à deux niveaux, surplombées de lucarnes triangulaires où figurait parfois la date de construction, mais aussi des maisons basses à pièce unique rehaussée d'un grenier. Au centre du village, construite sur un rocher, se tenait une chapelle dotée d'une porte gothique dominée par une sculpture de la Vierge et de l'Enfant.

Guillaume prit le chemin des marais et se dirigea vers la demeure de Joseph Thibaud située au bas du village. C'était une maison simple dont les murs badigeonnés à la chaux resplendissaient de blancheur sous les rayons ardents du soleil d'été. Dans la cour, une fillette, le dos tourné, jetait des graines à la volée. Autour d'elle, des poules, aux couleurs chatoyantes, caquetaient et virevoltaient en tous sens, telles des commères en colère. La petite fille riait aux éclats, d'un rire clair et lumineux comme seuls les enfants ont le secret. Comme il s'approchait, elle se retourna vivement. Ah ! Pour sûr, la mère Tilly n'avait pas menti. Avec ses longs cheveux blonds bouclés retenus par un bonnet blanc, son visage enfantin et rieur, ses yeux pétillants de malice, la fillette ressemblait à un ange, mais pas de ces anges figés dans la pierre des églises, non, un ange vivant et espiègle, rayonnant de vivacité.

Pendant un court instant, un flot d'images défila dans la tête de Guillaume, images qu'il avait soigneusement reléguées dans un recoin de sa mémoire depuis son départ de Reims. Il se ressaisit aussitôt.

– Bonjour, Marie. Tu es bien Marie, n'est-ce pas ?

– Qu'est-ce que vous voulez, dit la fillette méfiante. Mon grand-père m'a dit de ne jamais parler à des inconnus.

– Justement, il faut que je voie ton grand-père. Peux-tu me dire où il est en ce moment ?

– Il est dans ses marais, là, juste en bas, vous voyez ?

Guillaume suivit le chemin indiqué par la fillette et se retrouva devant une vaste plaine étincelante de couleurs et de lumières. Les bleus rosés des œillets alternaient avec les gris craquelés des ponts et les verts nuancés des fossés recouverts, çà et là, de salicornes rougies par le soleil. Il s'avança sur le talus qui cheminait entre la saline et la vasière et s'arrêta au niveau du trémet où trônait un tas de sel étincelant sous le soleil. Une odeur subtile de violette lui parvint comme pour sublimer l'harmonie du paysage. À l'intensité de la lumière et à l'éclat des pièces d'eau, se mêlait la profondeur du silence. Guillaume se sentit envahi par un étrange sentiment de plénitude. Il s'assit sur le bord du talus et regarda l'homme qui, d'un geste souple et sûr, poussait et ramenait son las, ce long râteau à bout plat, pour en récolter le sel qu'il hâlait ensuite sur la ladure.

C'était un homme robuste malgré son âge. Il émanait de toute sa personne une impression de force et de solidité. Sous son chapeau de paille, d'où pointaient des cheveux blancs, on distinguait un visage buriné par le soleil et le vent. Sa moustache retombante lui donnait un air sympathique. Vêtu d'une simple chemise longue retombant sur un pantalon de toile, les pieds nus, il arpentait les ponts avec l'assurance acquise par un long savoir-faire.

Le commissaire s'adressa à lui.

– Beau travail, dit-il d'un air sincèrement admiratif.

– Vous savez, dans ma famille, on est paludier de père en fils depuis des générations, alors le métier, pour sûr qu'on le connaît.

– Je viens juste d'arriver dans la région, mais ce que vous faites m'intéresse beaucoup.

– Vous avez de la chance, j'ai presque fini mon travail pour aujourd'hui, alors, si vous avez le temps, je veux bien vous expliquer comment tout cela fonctionne.

– Je ne veux pas vous ennuyer…

Mais, Joseph Thibaud ne lui laissa pas terminer sa phrase. Il lui parla du circuit de l'eau, expliqua comment celle-ci, venue du traict à marée haute par les étiers, pénétrait dans la vasière par une grande trappe que l'on refermait avant la marée basse et traversait ensuite le cobier pour atteindre la saline. Il lui expliqua le rôle de la petite trappe, appelée cameladure*, qui permettait de régler le débit de l'eau grâce à un système de trous de différentes grosseurs que l'on pouvait boucher par des chevilles en bois selon les besoins. Il lui montra enfin comment l'eau serpentait dans les fards et les adernes, se gorgeant peu à peu de sel grâce à l'évaporation, pour finir sa course dans les œillets où, arrivée à saturation, elle pouvait restituer son sel. Le vieux paludier lui parla également des travaux d'hiver, toute cette préparation indispensable à la récolte du sel.

– Allez, venez, à présent c'est vous qui vous allez prendre le sel du dernier œillet ! Je vais vous montrer et vous ferez comme moi. Retirez donc vos chaussures et vos bas, ainsi que votre veste, vous serez plus à l'aise.

Guillaume, surpris par une telle proposition, refusa dans un premier temps, mais le vieil homme insista avec une telle bienveillance que le jeune homme n'eut d'autre choix que de prendre le las et se mettre à l'ouvrage. Mais, il s'aperçut rapidement que ce qui paraissait simple et naturel avec le paludier s'avérait beaucoup plus délicat pour le néophyte qu'il était. Le las, au lieu de s'élancer gracieusement vers l'autre bord de l'œillet, s'écrasa lamentablement en son milieu, faisant ressortir l'argile noirâtre du fond. Guillaume était désolé de sa maladresse, mais Joseph Thibaud le réconforta d'un rire franc et sonore qu'il communiqua à son apprenti occasionnel. C'était la première fois, depuis longtemps, que le jeune homme laissait exprimer sa joie.

Occupé qu'il était à s'entraîner au lancer du las, Guillaume n'avait pas remarqué les deux femmes qui, les pieds nus et les jupes retroussées, avaient commencé à porter le sel de la ladure jusqu'au mulon dans les gèdes qu'elles tenaient habilement sur leur tête. C'était des voisines qui, en contrepartie de leur aide, pouvaient ramasser, à l'aide d'une lousse*, le sel menu*, à la surface des œillets. Ce sel, revendu pour la salaison de la sardine fraîche, leur apportait quelques revenus pour l'hiver.

– Bon, venez donc vous rafraîchir à la maison. Cela vous fera du bien par cette chaleur.

Les deux hommes remontèrent le chemin et pénétrèrent dans la petite maison blanche. Marie était allée aider Étiennette, une autre voisine, à ramasser les oignons dans un champ à la sortie du village.

La maison, simple mais propre et bien tenue, était composée d'une pièce unique, blanchie à la chaux, au fond de laquelle trônait une immense cheminée flanquée de bancs et sur le rebord de laquelle était placée une Vierge de faïence. Du côté droit se tenaient deux lits à colonnes auxquels on accédait par des coffres en bois. De l'autre côté, on pouvait voir un vaisselier peint en rouge avec sa galerie ornée d'assiettes à fleurs, un bahut avec ses portes à jour percé de rosaces ainsi qu'une table à pieds tors. Par la porte arrière, on pouvait distinguer l'étable où se tenait le cheval Bijou[22], l'écurie et les celliers ainsi qu'un jardin potager parsemé d'arbres fruitiers.

Guillaume enchaîna alors sur l'objet de sa visite :

– Je vous remercie, j'ai passé une très belle soirée. Seulement, pour tout vous dire, je n'étais pas là par hasard. Je suis le commissaire Fleury, de la sénéchaussée de Guérande. Je suis envoyé par M. de Villeneuve pour enquêter sur l'homme retrouvé au Croisic dans un tas de sel.

Joseph Thibaud se garda bien de dire à Guillaume qu'il savait parfaitement qui il était. Les nouvelles vont vite dans le petit village et le passage dans le bourg du commissaire accompagné de Michel Talord, le jour de son arrivée, avait attisé toutes les curiosités.

– Ah ! Oui, j'en ai entendu parler. Drôle d'histoire ! Mais pourquoi voulez-vous me voir ?

– C'est au sujet de Loïc Leguern. Un témoin lui a trouvé un vague air de ressemblance avec l'homme du tas de sel, alors je suis venu vous voir puisqu'il était votre gendre.

– Mais vous devez savoir que Loïc est mort depuis longtemps.

– Bien sûr, mais j'aimerais savoir ce qui s'est passé ?

– Eh bien, après la disparition de Jeanne il y a dix ans, Loïc est parti pour Paimboeuf où il a embarqué sur un navire marchand. Un an plus tard, on a appris qu'il était mort dans un combat maritime. Deux sergents de la sénéchaussée de Guérande sont venus apporter aux parents de Loïc un avis de décès signé du médecin de bord ainsi que ses papiers et ses affaires.

– Qui s'est occupé de Marie, au départ de Loïc ?

– C'est ma femme mais elle est morte il y a quatre ans d'une longue maladie. Alors, c'est moi qui m'en occupe maintenant.

Constatant qu'il n'y avait manifestement rien à rechercher de ce côté, Guillaume prit congé de son hôte tout en le remerciant pour son accueil.

– Revenez quand vous voulez, commissaire, vous serez le bienvenu, ajouta le père Thibaud. Et puis, il faut continuer votre apprentissage.

« L'homme est un animal qui, du moment
où il est parmi d'autres individus de son
espèce, a besoin d'un maître »

Kant

Chapitre 16
Entretien avec M. Vrignaux de Plusquepoix

Vendredi 22 juin

Le commissaire Fleury se rendit à Guérande pour présenter son rapport au lieutenant général de police, Monsieur Vrignaux de Plusquepoix. Il savait que cet homme d'âge mûr avait une longue expérience derrière lui en tant que maire de la ville et alloué de la sénéchaussée. Guillaume commença par le meurtre de Pauline Level. Après avoir énuméré les faits, il exposa les mesures mises en place pour retrouver le père de l'enfant qu'elle portait.

– Les agents font actuellement le tour de toutes les maisons avec le portrait de Pauline afin de découvrir si quelqu'un l'aurait vue avec un homme, surtout la nuit. Nous n'avons pas encore de réponse mais l'enquête se poursuit. Nous finirons bien par le trouver.

– Il y a fort à penser que l'amant soit l'assassin. Pensez donc, un père de famille bien en vue, se retrouver en situation d'adultère, voilà un bon mobile de meurtre, pour peu que la victime l'ait menacé de tout raconter à sa femme !

– C'est probable, répondit Guillaume, pourtant je n'arrive pas à croire que Pauline Level ait pu menacer son amant : c'était une femme très discrète et elle était trop contente de se retrouver enceinte pour attirer l'attention sur elle. Mais, allez savoir ! Et puis il reste une question de taille : Pourquoi lui avoir donné un coup de couteau post-mortem et qui ?

Guillaume en vint ensuite à la question de l'« homme de sel ». Il présenta les différents entretiens qui avaient eu lieu, le rapport des médecins légistes, la visite du navire hollandais, les propos du capitaine, la découverte de l'identité de la victime... Il en arriva enfin à une information qui, il le savait, allait fortement déplaire au lieutenant.

– Je dois vous annoncer que le capitaine du bateau hollandais, Hans Werner, a disparu hier soir. Nous avons envoyé toutes les forces de police à sa recherche mais il reste introuvable. Nous pensons qu'il a pris la fuite.

– Mais commissaire, répondit Monsieur de Plusquepoix sur un ton réprobateur, pourquoi ne l'avez-vous pas arrêté plus tôt ? Tout l'accusait : la victime retrouvée à côté de son bateau, le fait qu'il nous ait menti en prétendant qu'il ne la connaissait pas. Que diable vous fallait-il de plus ? Aujourd'hui, il est en fuite et nous risquons de ne jamais le retrouver. C'est une faute inexcusable !

– Il est vrai que tout accuse le capitaine, j'en conviens, mais, là encore, trop de points restent obscurs.

– Expliquez-vous, commissaire.

– Eh bien le mobile, Monsieur. Pourquoi Hans Werner aurait-il tué Joël Hardouin ?

– C'est ce que vous auriez dû découvrir quand il était encore temps, commissaire. Les raisons ne manquent pas : une bagarre pour une femme, pour de l'argent, que sais-je encore !

– Oui, mais pourquoi avoir caché le corps juste à côté de son bateau alors qu'il allait forcément être découvert ?

– Ou bien il est très sot, ce qui serait étonnant, ou bien très astucieux en imaginant une histoire tellement invraisemblable que personne ne pourrait la croire. Et vous vous êtes bien laissé prendre, commissaire.

– Peut-être, mais je ne peux m'empêcher de penser que ce n'est pas lui qui a commis ce crime. Qui d'autre ? Je ne sais pas encore, mais je trouverai. Et puis, il a un alibi : il logeait chez le sieur Godin, négociant en sel. Or tous les habitants de la maison affirment que le capitaine n'a pas quitté sa chambre, située au deuxième étage, la nuit du meurtre.

– Il a très bien pu s'absenter discrètement, sans que personne ne le voie. Vous êtes trop tatillon, commissaire ! Pour moi, nous tenons le coupable. Tâchez de me le retrouver dans les plus brefs délais. Je vous laisse trois semaines, pas un jour de plus. Il est temps que ce criminel passe entre les mains de l'exécuteur des hautes œuvres pour être roué sur la place publique !

Sur la route du retour au Croisic, Guillaume s'arrêta chez Joseph Thibaud. Curieusement, il se sentait comme attiré par ce vieil homme et sa petite fille. En leur présence, il éprouvait un réel réconfort face à la profonde détresse intérieure qui le minait. Le dimanche suivant, ils passèrent la journée ensemble. Après avoir pris très tôt le sel dans les marais, ils partagèrent un repas simple mais convivial sous un arbre dans le jardin derrière la maison. Guillaume avait rapporté du Croisic une tourte à la viande ainsi que du vin de Guérande rafraîchi dans le puits, dont ils se régalèrent. Marie avait préparé un plateau de fruits qu'elle avait cueillis elle-même. Une réelle complicité régnait dans le petit groupe ; chacun se sentait calme et joyeux. Guillaume revint à plusieurs reprises lorsque son enquête lui laissait un peu de répit.

Un soir, alors que Marie était partie se coucher, les deux hommes s'installèrent sur le banc derrière la maison. Joseph, la pipe à la main, aborda la question qui le taraudait :

– Dites-moi, Guillaume, je sens bien que quelque chose ne va pas, même si vous ne voulez pas le montrer. Moi aussi, vous savez, j'ai beaucoup souffert et je comprends cela. Mais vient un temps où il faut déposer son fardeau. Vous ne croyez pas que ce temps est venu ?

Après un moment d'hésitation, le jeune homme se laissa enfin aller. Il raconta son enfance heureuse à Reims, dans la rue des Minimes, à l'ombre de la cathédrale Saint Rémi. Il parla de la petite école des Frères puis du collège des Bons Enfants où il avait fait ses apprentissages scolaires, de ses courses folles dans les vignes de la Montagne de Reims avec ses camarades, de la perte douloureuse de sa mère, de ses études à la faculté de droit, de son premier poste dans la police, de sa rencontre avec Hélène. Hélène, avec ses cheveux bouclés roux cuivrés, ses yeux verts mordorés, ses taches de rousseur et ses fossettes, son petit air mutin... Il en était tombé amoureux dès le premier regard. Les deux jeunes gens s'étaient mariés quelques mois plus tard et la petite Anne était arrivée. C'était une période heureuse. Ils habitaient dans le logis du père Fleury, une maison de ville à pans de bois, le vieil homme étant allé s'installer chez sa sœur, rue Mignotte. Les années avaient passé, Anne avait alors quatre ans. Ses boucles de feu, ses yeux de jade, son petit nez à la retroussette, sa vivacité donnaient à la maisonnée un air de fête perpétuelle. Puis, le drame s'était produit, cruel, dévastateur au-delà de tout ce qu'on peut imaginer. Une nuit, alors que Guillaume s'était rendu à Épernay pour les besoins d'une enquête, le feu avait pris dans la maison. La jeune femme et la fillette, qui dormaient profondément, serrées l'une contre l'autre, étaient restées bloquées à l'étage. Il était trop tard, personne n'avait pu les secourir. Elles avaient été asphyxiées par les fumées. Curieusement, les flammes avaient eu la décence de les épargner. On les avait retrouvées étroitement enlacées.

Avait alors commencé une descente aux enfers, une douleur incommensurable dont Guillaume pensait ne jamais se remettre. Ses cheveux châtains foncés avaient alors blanchi d'un coup. Quelques mois plus tard, dans un sursaut désespéré, il s'était lancé à corps perdu dans son travail, seul recours à son infinie souffrance. Peu à peu, il avait enfoui cette douleur tout au fond de lui, la dissimulant comme un trésor précieux que nul ne devait percevoir. Il avait demandé à être muté, qu'importait la destination pourvu qu'il puisse survivre dans un autre décor. La réponse avait tardé à venir mais, un jour, il apprit qu'il devait se rendre à la sénéchaussée de Guérande.

Une émotion intense avait envahi Guillaume à l'évocation de ces souvenirs douloureux, si forte qu'il se mit à pleurer. C'était comme si, tout à coup, le flot de souffrance accumulée avec le temps rejaillissait enfin. Il pleura longuement. Joseph, après l'avoir soutenu d'un geste amical sur l'épaule, l'avait laissé seul, par respect pour cette douleur trop longtemps enfouie.

« L'amour a ses raisons
que la raison ne connaît point »

Blaise Pascal

Chapitre 17
L'amant de Pauline

Le lendemain matin, dès son arrivée, Guillaume se trouva nez à nez avec le commissaire Talord qui l'attendait avec impatience au bureau de police de la Maison de Ville car il avait une importante nouvelle à lui communiquer. En effet, la tournée des habitants du quartier du Lénigo concernant la recherche de l'amant de Pauline avait porté ses fruits : un témoin avait croisé le couple dans la nuit du crime. Ce dernier, assis dans le hall, attendait d'être interrogé. Michel Talord le pria d'entrer et le fit asseoir. C'était un jeune garçon d'une quinzaine d'années tout au plus qui se présenta sous le nom de François Leblay, matelot. Sous son air dégingandé, ses vêtements dépareillés, ses cheveux blond filasse et son regard farouche, se dessinait déjà l'âme du corsaire rebelle et aventureux qu'il deviendrait sans doute. Guillaume Fleury commença l'interrogatoire :

– Ainsi, tu penses avoir reconnu Dame Level en compagnie d'un homme, le samedi 2 juin vers minuit, du côté de Port Charly ?

– Si fait, commissaire, il était tard, mais la nuit était claire, c'était la pleine lune et j'ai bien reconnu Pauline Level.

– Tu la connaissais donc ?

– Oui, j'ai fait la pêche sur le bateau de son mari quand j'étais mousse, alors, Pauline, pensez si je la connaissais.

– Que faisais-tu à Port Charly, à cette heure ?

– Bah ! On s'était donné rendez-vous avec d'autres gars et des filles sur la baie de St Goustan. Faut bien qu'on s'amuse un peu, pas vrai !

– Peux-tu me dire ce que tu as vu exactement ?

– Eh bien, comme je l'ai dit au commissaire Talord, j'ai vu la dame Level avec un homme.

– Et tu le connaissais cet homme ?

– Je l'avais déjà vu mais je ne connais pas son nom.

– Comment était-il ?

– Grand, un peu plus grand que moi, avec des moustaches, je crois, et un uniforme rouge et bleu avec un tricorne noir. Il était plutôt vieux : la cinquantaine peut-être.

– Que faisaient-ils quand tu les as vus ?

– Ils étaient enlacés et quand ils m'ont vu arriver, ils ont eu l'air gêné et sont partis aussitôt. Ils se sont dirigés vers le chemin qui rejoint la ville. Après, je ne sais pas.

– As-tu vu quelqu'un d'autre à cet endroit ?

– Non, il n'y avait personne. Ah ! Si, c'est vrai, comme je me dirigeais vers le moulin de Saint Goustan, je me suis retourné et j'ai vu une ombre traverser la baie de port Charly.

– Et c'était qui, cette ombre ?

– Ça, je ne sais pas. Je pense que c'était un homme mais il portait un cape avec une capuche, alors j'ai rien pu voir.

– Dans quelle direction est-il allé ?

– Dans la même direction que les deux autres.

Guillaume Fleury remercia François qui retourna à ses occupations. Une discussion s'engagea alors entre les deux commissaires de police tandis que Armand La Porte les rejoignait.

– Voilà qui est intéressant, dit Guillaume. Nous avons donc à faire à un soldat et pas un soldat de passage si l'aventure dure depuis six mois comme nous l'a dit Noémie Demé, l'amie de Pauline. Il s'agit probablement d'un garde du magasin d'artillerie ou de la défense du port. Pouvez-vous voir cela, Monsieur Talord.

Puis, examinant la carte du Croisic étalée sur le mur, il suggéra d'étudier tous les lieux où le couple pouvait se retrouver, à commencer par le quartier du Lénigo. Ce fut Armand La Porte qui fut chargé de cette tâche. Il fut convenu entre les trois hommes qu'ils se contacteraient dès qu'ils auraient du nouveau. Deux jours plus tard, ils se retrouvèrent au même endroit. Ce fut le commissaire La Porte qui prit la parole en premier.

– J'ai commencé mes recherches du côté des maisons mais sans m'y attarder : je me suis dit que c'était trop risqué pour des personnes qui voulaient se cacher. Alors, je me suis plutôt orienté vers les jardins du Méné, à côté du Lénigo, et là, en étudiant les registres de la ville, j'ai découvert que la veuve Level possédait un cabanon de bonne taille dans un coin du potager.

– Parfait, commissaire. Et vous, Monsieur Talord ?

– Comme convenu, j'ai recherché un homme plutôt grand, moustachu, d'une cinquantaine d'années et qui portait un uniforme. Je pense qu'il s'agit du sergent Antonin Caray, affecté à la défense du port et de la baie de Saint Goustan. Il habite Le Croisic avec son épouse et ses trois enfants. Il se trouve qu'il a quitté son poste de garde à minuit, le samedi 2 juin.

– Bien, dit Guillaume, allons d'abord inspecter le cabanon. Pendant ce temps-là, j'envoie deux agents chercher le sergent Caray que nous interrogerons à notre retour.

Les trois hommes longèrent les quais puis le mail du Broc et se retrouvèrent dans les jardins situés derrière la baie de Port Charly. Ils ne tardèrent pas à trouver une cabane en bois. Après avoir défoncé la porte, ils pénétrèrent à l'intérieur. Outre les outils de jardin regroupés dans un coin, ils découvrirent, posée sur une planche en bois, une paillasse sur laquelle on pouvait distinguer les traces de formes humaines. Des couvertures traînaient le long de la couche. Les hommes inspectaient minutieusement les moindres recoins du cabanon quand l'attention de Michel Talord fut attirée par un petit objet tombé sous la paillasse : il s'agissait d'un bouton doré provenant probablement d'un uniforme.

À leur retour au poste, les officiers de police se trouvèrent face à un homme de haute taille, de bonne stature, au visage hâlé portant une fine moustache soigneusement entretenue et une cicatrice le long de la joue droite, qui attendait dans le hall. Le commissaire Fleury regarda furtivement l'uniforme du sergent et put constater qu'un petit bouton manquait sur sa manche gauche. Il débuta alors l'interrogatoire et, après les questions d'usage, entra dans le vif du sujet :

– À quelle heure avez-vous terminé votre service, le soir du samedi 2 juin ?

– À onze heures quarante-cinq du soir.

– Qu'avez-vous fait ensuite ?

– Je suis rentré chez moi.

– Quelle heure était-il quand vous êtes rentré chez vous ?

– Il devait être environ minuit.

– Votre épouse pourrait-elle le confirmer ?

– Non, elle dormait. Je n'ai pas voulu la réveiller.

– Bien, le commissaire Talord est parti interroger votre épouse à ce sujet, nous verrons ce qu'elle en dit.

– Attendez, vous dites samedi soir ? Ah oui, c'est vrai, je me suis promené sur les quais. L'air était doux, j'ai voulu me détendre un peu.

– Et vous étiez seul ?

– Oui, j'étais seul.

– Le problème, sergent, c'est qu'on vous a vu en compagnie d'une femme vers minuit près du port Charly. Un témoin vous a identifié formellement ainsi que la dame qui était en votre compagnie. Il s'agit de Pauline Level.

– Ce n'est pas possible, je ne connais pas cette personne.

– Sergent, pouvez-vous me montrer la manche gauche de votre uniforme ?

Antonin Carray s'exécuta sans comprendre le sens de cette demande.

– Ne vous manquerait-il pas quelque chose ?

Le commissaire Fleury sortit alors un petit bouton en cuivre présentant le dessin en relief que l'on retrouve sur les uniformes militaires.

– Nous avons retrouvé ceci dans le cabanon que possédait Pauline dans les jardins du Méné. C'est bien celui qui manque sur la manche de votre veste ?

– Mais je ne suis pas le seul militaire dans cette ville, se défendit le sergent.

– Nous vérifierons tous les uniformes, soyez-en sûr.

Déconcerté, le sergent n'avait d'autres choix que d'avouer sa liaison avec Pauline. Dès l'arrivée des agents de police à son domicile, il avait aussitôt compris la gravité de la situation. De fait, le commissaire Fleury enchaîna :

– Depuis combien de temps aviez-vous cette liaison avec Pauline Level ?

– Environ six mois.

– Pouvez-vous nous dire quand et où vous l'avez rencontrée ?

– Pauline passait quelquefois devant le magasin d'artillerie de la place des Canonnières. Un après-midi que j'étais de garde, elle a buté sur une pierre et je me suis précipité pour l'aider à se relever.

– Et où se rendait-elle ?

– Elle allait à la chapelle Saint Goustan, je crois. Elle aimait bien s'y promener.

– Que s'est-il passé ensuite ?

– Nous avons échangé quelques mots. Les jours suivants, nous nous sommes revus et nous avons fini par sympathiser. Puis je me suis aperçu que J'étais très attiré par elle et je sentais bien que c'était réciproque. Un soir, ça a été plus fort que tout, nous nous sommes donnés l'un à l'autre.

– Où vous retrouviez-vous ?

– Au début, dans les rochers de la pointe du Croisic après ma garde vers minuit. Ensuite Pauline a proposé de se rencontrer dans une cabane qu'elle possédait dans les jardins du Mené.

– Quels étaient vos sentiments pour Pauline Lebel ?

– Je l'aimais passionnément. Jamais je n'avais éprouvé cela auparavant. J'ai pourtant tout fait pour mettre un terme à cette liaison, mais rien n'y faisait. Je ne pouvais pas m'empêcher de revenir vers elle.

– Envisagiez-vous de quitter votre épouse ?

– Non, bien sûr, je n'allais pas la laisser avec trois enfants.

– Mais Pauline ne souhaitait-elle pas que vous le fassiez ?

– Non, elle ne voulait surtout pas que je fasse du mal à ma famille. Elle disait toujours que ces rencontres suffisaient à la rendre heureuse.

– Au fait, savez-vous pourquoi elle se rendait à la chapelle Saint Goustan ?

– S'y promener et y prier sans doute.

– N'allait-elle pas plutôt à la fontaine miraculeuse dans l'espoir d'avoir enfin l'enfant qu'elle désirait tant ? Je suppose que vous saviez qu'elle était enceinte ?

Antonin Caray savait que sa réponse serait décisive. Certes, il eut été préférable de nier mais il ne put s'y résoudre, par amour pour Pauline. Les dés étaient jetés ; de toute manière, qui aurait cru son mensonge ? Il avoua comme on se jette dans le vide :

– Oui, elle me l'avait avoué lors de notre dernière rencontre.

– Qu'aviez-vous l'intention de faire ?

– Rien, j'aurais continué à voir Pauline et à l'aider financièrement pour élever l'enfant.

– Mais vous risquiez de perdre votre épouse et votre réputation si cela était découvert.

– C'est possible, se contenta de répondre le sergent.

– Revenons à la nuit du samedi 2 juin. Qu'avez-vous fait après avoir quitté Pauline ?

– Je suis rentré chez moi ; il était deux heures du matin.

– Votre femme pourrait-elle le confirmer ?

– Non, elle dormait.

L'entretien se poursuivit sans apporter d'éléments déterminants. Guillaume décida alors de brusquer les choses sur un ton menaçant.

– Vous savez ce que nous pensons ? Eh bien, nous pensons que vous avez eu peur que cette histoire se sache. Vous auriez été déshonoré, vous risquiez de perdre votre femme et votre poste. Vous avez donc suivi Pauline après votre rencontre dans le cabanon, puis vous avez attendu qu'elle s'endorme et vous êtes entré chez elle en utilisant l'échelle car vous aviez remarqué qu'une fenêtre était restée entrouverte. Une fois arrivé dans la chambre, vous l'avez étouffée avec un oreiller, ainsi personne n'aurait pensé à un meurtre.

– Mais, j'ai entendu dire qu'elle avait été poignardée, s'exclama le sergent.

– Vous êtes bien placé pour savoir qu'elle était déjà morte étouffée quand on lui a enfoncé un couteau dans la poitrine.

Le sergent eut beau nier, se défendre, se débattre, hurler son innocence, crier que jamais il n'aurait tué la femme qu'il aimait ainsi que son enfant à naître, le couperet tomba de la bouche du commissaire :

– Sergent, nous allons vous déferrer à la prison de Guérande pour d'autres interrogatoires.

Les mains liées derrière le dos, le sergent fut conduit à cheval, accompagné de deux agents de police, vers sa triste destination. Les charges étaient accablantes : il était l'amant de Pauline, elle était enceinte, il était avec elle la nuit du meurtre. Nul ne doutait, à ce moment-là, de l'issue fatale du procès. Serait-il roué ou simplement pendu ? Telle était l'unique question que se posaient les témoins de l'arrestation.

Si la culpabilité du sergent paraissait évidente, Guillaume ne pouvait s'empêcher de s'interroger : pourquoi Antonin Carray aurait-il tué la femme qu'il aimait ? Il n'était pas le premier homme marié à se trouver dans cette situation. Et puis, qui avait planté le couteau dans le cœur de Pauline post mortem ? Pourquoi ? Pour attirer l'attention, sans doute, mais dans quel but ? Qui était l'homme qui avait frappé chez elle le dimanche et que l'on n'avait pas retrouvé ? Quelle était cette ombre qui avait suivi le couple à Port Charly ? Il repensait à l'« homme de sel ». Certes les deux meurtres ne semblaient pas avoir de lien entre eux pourtant Guillaume restait intimement convaincu du contraire.

Le soir tombait. Le commissaire s'apprêtait à quitter le poste de police quand un homme l'accosta. C'était un matelot de la *Frederika.* Il s'adressa à lui dans un français mêlé de hollandais, suffisamment compréhensible, toutefois, pour que l'on puisse interpréter ses propos.

– J'ai quelque chose à dire, mais, avant, jurez-moi que personne ne saura que je suis venu vous parler.

En disant cela, le matelot fit un geste de coupe-gorge avec sa main, faisant comprendre le risque qu'il prenait en faisant cette démarche.

– Juré, promis le commissaire, poursuivez maintenant.

Le matelot fit comprendre à Guillaume qu'une nuit, bien avant les meurtres, il avait vu une barque accoster près de la Frederika. Un individu était ensuite monté sur le navire où l'attendait Hans Werner. Les deux hommes s'étaient rendus dans la cabine du capitaine. Un moment après, le visiteur était reparti en portant des paquets.

– Comment étaient ces paquets ?

Le matelot fit de grands gestes pour décrire des colis de grande taille mais peu épais. Il précisa qu'ils étaient emballés dans de la toile et qu'il n'avait pas vu ce que c'était.

– Avez-vous vu où il se dirigeait ?

– Oui, vers Pen Bron.

– Savez-vous si d'autres membres de l'équipage étaient au courant ?

– Non, personne, je le saurais.

Le commissaire était intrigué. Que venait faire ce nouvel élément dans cette affaire de meurtre ? Le capitaine Werner étant en fuite ; il ne pourrait sans doute pas en savoir davantage pour l'heure. Il avait conscience qu'un interrogatoire de l'équipage ne mènerait à rien et risquait de compromettre son informateur. De toute évidence, il s'agissait de contrebande, mais de quoi ? Il se promit d'interroger dès le lendemain Jean Thomas, le maître des quais, sur ce sujet. Après avoir remercié le matelot, il lui posa une dernière question :

– Pourquoi êtes-vous venu me dire cela maintenant ?

Pour toute réponse, l'homme cracha par terre, d'un air hargneux qui en disait long sur l'opinion qu'il avait de son capitaine.

« Mieux vaut l'ordre de l'âme que les désirs
insatiables opposés à la raison »

Platon

Chapitre 18
Lettre de la police d'Amsterdam

Comme le commissaire Fleury se rendait au bureau de police, un agent lui tendit une missive en provenance de Hollande. Guillaume l'ouvrit avec empressement et commença à la lire.

C'était une lettre de la police d'Amsterdam qui avait été particulièrement intéressée par le courrier envoyé quelque temps plus tôt par le commissaire Fleury. En effet, les services hollandais soupçonnaient un trafic de tableaux entre la France et les Pays-Bas. De nombreuses copies de toiles célèbres avaient été retrouvées à Paris comme les « Fruits de mer » d'Abraham van Beijeren ou le « Paysage » de Jan van Goyen. Ces contrefaçons étaient fort bien imitées et plusieurs collectionneurs s'étaient fait piéger. Seul, l'œil acéré d'un expert pouvait déceler la supercherie. Une enquête avait été menée depuis plusieurs mois en collaboration avec le lieutenant général de la police de Paris, Monsieur de Sartine*, et avait débouché sur l'implication de deux suspects : Joël Hardouin qui reproduisait les tableaux de maître et le capitaine de navire de commerce Hans Werner qui les écoulait lors de ses expéditions à Bourgneuf, port particulièrement réputé pour son trafic de contrebande en tous genres. Les policiers hollandais souhaitaient qu'on les tienne informés du déroulement de l'enquête.

Cela confirmait les doutes que le commissaire avait émis suite au témoignage du matelot de la *Frederika* concernant une affaire de fraude. Il se rendit derechef à Guérande pour informer M. de Plusquepoix de la tournure des événements. Pour le lieutenant général de police, les choses étaient évidentes, il n'y avait pas à chercher plus loin. Tout concordait à rendre Hans Werner coupable du meurtre : sa malhonnêteté, la présence de Joël Hardouin sur son bateau, les mensonges, le trafic de tableaux et maintenant sa fuite. Le lieutenant était formel : l'affaire était réglée. Il ne restait plus qu'à retrouver Hans Werner, ce qui n'était qu'une question de temps, surtout avec l'appui de la police hollandaise. Le commissaire Fleury reçut l'ordre de clore les enquêtes et de rentrer à Guérande dans les meilleurs délais.

Guillaume aurait dû être satisfait : même si le coupable présumé du meurtre de Joël Hardouin était toujours en fuite, l'affaire semblait résolue. De même, l'amant de Pauline Level était écroué à la prison de Guérande avec de fortes présomptions de culpabilité d'assassinat. Pourtant, une sorte de malaise s'emparait de lui, quelque chose d'indéfinissable, qui, malgré les évidences, le laissait perplexe. Il se disait, par exemple, que la fuite de Hans Werner n'était pas forcément un aveu de culpabilité de meurtre, la simple inculpation pour fraude pouvant à elle seule la justifier. En effet, ce genre d'escroquerie était lourdement sanctionné par la justice, le plus souvent par un exil après confiscation des biens et parfois même par un marquage corporel au fer rouge. Et puis, le mobile : pourquoi Hans Werner aurait-il tué son ami ? Le capitaine de *la Frederika* était certes un escroc, mais cela faisait-il de lui un assassin ? De même, plusieurs questions autour du meurtre de Pauline restaient toujours sans réponse. Le commissaire Fleury avait la sensation que quelque chose lui échappait, quelque chose qui se trouvait juste là, devant les yeux, mais qu'il ne parvenait pas à déceler.

Il supplia alors Monsieur de Plusquepoix de lui accorder un délai supplémentaire pour peaufiner son enquête. Il lui fit part de ses interrogations et insista sur les nombreuses zones d'ombres qui persistaient encore. Il précisa qu'il voulait s'assurer de ne pas commettre d'erreur judiciaire. Le lieutenant général, ayant toujours en tête la sulfureuse affaire Callas de Toulouse en 1762, dénoncée de façon tapageuse par Voltaire, où un innocent avait été roué en place publique, se montra particulièrement sensible à ce dernier argument et lui accorda, non sans réticence, une semaine de plus pour clore les enquêtes.

De retour vers Le Croisic, Guillaume, passant dans le village de Trégaté, fut instinctivement attiré par le bistroquet de la mère Tilly. Il ignorait pourquoi, mais il pressentait que celle-ci lui avait caché des informations importantes lors de leur premier entretien. Il entra dans la salle et s'adressa à la tenancière :

– Dites-moi, je voudrais que vous me parliez de Loïc Leguern.

– Mais, vous n'avez pas vu Joseph Thibaud ?

– Si, mais j'aimerais savoir ce que vous avez à en dire, vous.

Devant la résistance de la vieille dame, Guillaume insista :

– Il faut absolument que vous me disiez toute la vérité, la vie d'un homme en dépend. Il ne mérite pas d'être exécuté pour un crime qu'il n'a sans doute pas commis.

À regret, la mère Tilly expliqua :

– C'est vieux, tout ça. Loïc venait souvent ici mais, combien de fois, j'ai dû le mettre à la porte à coups de pied dans le derrière, celui-là. Ça, pour un beau gars, c'était un sacré beau gars ! Toutes les filles lui couraient après, mais lui, y s'en moquait, un jour l'une, un jour l'autre. En plus, il ne voulait pas travailler : faut profiter de la vie, qu'il disait. Ses parents, des braves gens, des sauniers* qui travaillaient dur, auraient bien voulu que leur fils unique aille faire des études. Mais, lui, il claquait tout leur argent à boire ou à jouer. C'était misère de voir ça ! Le père Leguern, il a fait tout ce qu'il a pu pour le sortir de là mais y avait rien à faire, de la graine de vaurien, j'vous'l'dit. Quand il venait ici, il buvait beaucoup et après, il cherchait des noises à tout le monde. Ça finissait toujours en bagarres. Ah, pour sûr, les choses n'étaient pas faciles avec lui.

– Qu'est-ce qu'il est devenu ?

– Eh bien, un jour, il est parti. Il paraît qu'il s'est embarqué sur une frégate nantaise. Un an après, on a appris qu'il était mort pendant une attaque près d'une île loin d'ici, je ne sais plus laquelle.

– Savez-vous pourquoi il s'est engagé ?

– Oh ! C'est une bien triste histoire. Il avait dû se marier avec Jeanne, vous savez, la fille cadette de Joseph Thibaud, l'ami d'enfance du père Leguern. La Jeanne, c'était un sacré beau brin de fille, et intelligente avec ça, et vous auriez vu ses yeux, d'un bleu à faire damner un saint ; eh bien elle était amoureuse, depuis son plus jeune âge, de ce diable de Loïc. Tout le monde a essayé de l'en dissuader, vous pensez bien, mais y avait rien à faire, elle était comme envoûtée. Quand Jeanne s'est retrouvée enceinte, le père Leguern a obligé son fils à la marier sous peine de lui couper les vivres. Alors, le Loïc, il n'a pas eu le choix. Le couple s'est installé à Kervalet, dans une maison qui appartenait au père Leguern. Mais ça n'a rien changé : Loïc continuait sa vie d'avant comme si c'était rien passé. On voyait de moins en moins Jeanne. Son vaurien de mari disait partout qu'elle avait une grossesse difficile et qu'elle devait garder le lit. Mais, le bruit courait aussi que, quand il avait bu, ce qui était fréquent, Loïc pouvait se montrer violent envers son épouse. Bref, plusieurs mois après, un jour que Loïc était ivre mort dans mon estaminet, le père de Jeanne est venu le chercher et l'a emmené avec perte et fracas. Après, je l'ai jamais plus jamais revu. Le lendemain, on a appris que la pauvre Jeanne était morte en mettant au monde la petite Marie. C'était terrible pour les parents. Environ une année plus tard, c'était le tour de Loïc suivi de près par celui de sa mère. La malheureuse en est morte de chagrin. C'était son gars, tout de même ! Le père Leguern nous a quittés l'an passé. Il a pu voir grandir sa petite Marie. Il lui a d'ailleurs laissé un joli magot : trois maisons au Bourg de Batz, deux à Kervalet, de nombreux marais salants et autant de terres agricoles. Pour sûr, la petite est à l'abri du besoin.

Guillaume remercia la vieille dame qui le raccompagna jusqu'à la sortie de son café. Là, après un dernier coup d'œil à la salle, il comprit la raison qui avait guidé ses pas jusqu'à cet endroit. Il demanda :

– Dites-moi, qui a peint ce tableau ?

– Ben, justement, c'est Loïc. Ah, ça, il avait un sacré coup de patte. Moi, je n'y connais rien en peinture, mais j'aimais bien ce qu'il faisait. Celui-ci il me l'a donné pour payer ses dettes.

– Il peignait depuis quand ?

– Depuis qu'il était petiot. À ce moment-là, il lui arrivait, quelques fois, de venir peindre ici. C'était étonnant de voir ce gamin si nerveux et agité, devenir tranquille et réfléchi quand il avait un pinceau à la main. On aurait dit qu'il y avait deux Loïc, l'un mauvais et bagarreur dans la vie courante, l'autre posé et patient quand il peignait.

Ainsi, Loïc peignait. Guillaume avait enfin découvert l'élément décisif qui lui manquait. L'espace d'un éclair, tout devint limpide et logique. Le scénario se déroula dans sa tête avec une évidence qui lui sauta aux yeux. Il comprit qui et pourquoi on avait tué « l'homme de sel ». Mais, il lui fallait une preuve pour étayer sa théorie. Il se rendit alors à la maison de Joseph et lui posa une unique question :

– Dites-moi, de quelle couleur étaient les yeux de Loïc ?

– Verts, répondit-il en regardant Guillaume bien en face, ils étaient verts.

Le commissaire Fleury prit la route de Guérande mais ne s'y arrêta pas. Il poursuivit jusqu'à Vannes où il se dirigea vers la maison de Dame Letiec, la voisine des Hardouin. Là, il se présenta et posa la question qui lui brûlait les lèvres :

– De quelle couleur étaient les yeux de Joël ?

« Celui qui veut en tout et partout
se montrer homme de bien
ne peut manquer de périr au milieu
de tant de méchants »

Machiavel

Chapitre 19
Dénouement

De retour de Vannes, Guillaume se rendit au logis du père Thibaud. Celui-ci était assis à la table.

– Je vous attendais, dit-il, il est temps que vous connaissiez la vérité. Asseyez-vous. Voilà, je vais vous dire comment les choses se sont passées, il y a dix ans. Quand Jeanne a épousé Loïc, on était désespéré ; Loïc, on le connaissait bien et ce mariage nous désolait. La suite nous a donné raison, malheureusement. Plus le temps passait et moins on voyait Jeanne. Elle restait enfermée chez elle, ne voyant personne. Loïc disait partout qu'elle était trop fatiguée avec sa grossesse et qu'elle devait garder le lit. Ma femme et moi, on était de plus en plus inquiets, d'autant qu'on voyait Loïc continuer sa vie de débauche.

– Mais, vous n'avez pas essayé d'aller chez elle ?

– Plusieurs fois, on a frappé à sa porte mais elle ne nous ouvrait pas. Quelques mois plus tard, leur voisine, Pauline Level, qui s'appelait alors Pauline Nicol, est venue nous chercher nous disant que Jeanne était au plus mal et qu'elle était sur le point d'accoucher.

– Vous me dites que Pauline Level était leur voisine ?

– Oui, à cette époque elle vivait chez ses parents qui habitaient Kervalet. Elle s'occupait de sa mère malade et c'est plus tard, après son décès, qu'elle a quitté la maison pour se marier avec un Croisicais.

Le commissaire, qui ne possédait pas jusqu'alors cette information, comprit enfin le lien qui unissait les deux meurtres. Il écouta attentivement la suite du récit.

– Ce jour-là, Pauline, alertée par les cris provenant de chez ses voisins, avait regardé par la fenêtre. C'est alors qu'elle avait vu Loïc projeter violemment Jeanne à terre, sa tête heurtant le bord abrupt de la cheminée. Heureusement, Loïc était parti aussitôt en oubliant de fermer la porte à clé comme il le faisait d'habitude, ce qui avait permis à Pauline de pénétrer dans la maison. Devant le spectacle bouleversant, elle était aussitôt venue nous prévenir puis elle était allée chercher la sage-femme, Marguerite Pichon, tandis que nous nous précipitions chez Jeanne.

Marguerite Pichon ! Encore une information qui venait éclairer l'enquête. Peu à peu, les choses se mettaient en place. Joseph poursuivit.

– Là, nous avons découvert notre fille gisant sur le sol, couverte de sang, livide mais encore consciente. Pauline et Marguerite, qui nous avaient rejoints, nous ont aidés à installer Jeanne sur le lit et là, très affaiblie, notre fille nous a murmuré que, oui, c'était bien Loïc qui lui avait fait cela, mais qu'elle ne voulait surtout pas qu'on lui fasse de mal, qu'elle l'aimait toujours, quoi qu'il ait fait. Nous étions consternés. Comment pouvait-on pardonner à un tel monstre ? L'amour excusait-il tout ?

Guillaume savait que ce genre de violence existait parfois dans les couples et que les femmes se sentaient impuissantes devant de tels comportements. Les rares plaintes portées en justice aboutissaient très rarement, laissant les victimes dans leur situation misérable. Le commissaire poursuivit l'entretien.

– Que s'est-il passé ensuite ?

– L'accouchement a été difficile, Jeanne était à bout de forces. La sage-femme a aidé notre fille du mieux qu'elle a pu. Par miracle, l'enfant est née vivante mais Jeanne est morte juste après. Pour respecter sa dernière volonté, nous avons demandé à Pauline et à Marguerite de garder le secret sur les circonstances de la mort pour que Loïc ne soit pas accusé de meurtre. Officiellement, Jeanne avait eu un malaise et s'était mortellement cognée sur un coin de la cheminée. Comme je regrette aujourd'hui d'avoir agi ainsi ! Par notre faute, elles sont mortes toutes les deux.

– Qu'avez-vous fait, alors ?

– Eh bien, je suis allé chercher Loïc chez la mère Tilly. Il était complètement ivre. Je l'ai amené chez ses parents et là, j'ai raconté tout ce qui s'était passé. Son père est entré dans une colère terrible et l'a sommé, dès les obsèques terminées, de quitter le pays et de n'y jamais revenir, s'il ne voulait pas terminer ses jours en prison, voire au bout d'une corde. Il a crié qu'il serait le premier à le dénoncer s'il revenait et que plusieurs témoins étaient prêts à confirmer qu'il avait bien tué son épouse qui était alors sur le point d'accoucher.

– Alors, il est parti ?

– Là encore, il n'avait pas le choix. Un an plus tard, les sergents de la sénéchaussée de Guérande sont venus apporter un pli nous informant de la mort de Loïc. À ce moment-là, je dois le dire, je me suis senti soulagé : il ne reviendrait plus chercher sa fille et la mort de Jeanne était vengée. Pourtant, allez savoir pourquoi, son fantôme me poursuivait ; je faisais souvent le même cauchemar dans lequel je le voyais attraper Marie et l'emmener.

– Avez-vous su de quelle manière il était mort ?

– On nous a dit qu'il avait péri d'un coup d'épée lors d'une attaque de corsaires au large de l'île de Saint-Domingue. Bien sûr, vu la distance, le corps n'a pu être rapatrié mais ses affaires personnelles ont été restituées à ses parents. Pour tout le monde ici, Loïc était mort depuis longtemps, c'est pourquoi personne n'a pensé qu'il pouvait être « l'homme de sel ».

Ainsi, le commissaire avait vu juste ; Joseph Thibaud confirmait que la personne découverte dans le mulon de sel n'était pas celle que l'on croyait.

– Donc, ce n'était pas Loïc qui a été trouvé mort sur l'Odette il y a dix ans, suggéra

Guillaume, il avait pris la place de Joël Hardouin et il est revenu il y a peu de temps, c'est bien cela ?

– Un soir, c'était samedi, alors qu'elle rentrait de chez la voisine, Marie a dit qu'elle avait vu un homme la suivre. Moi, j'ai tout de suite compris que c'était Loïc. J'ai compris aussi que la mort de Marguerite Pichon, la sage-femme, n'était pas un accident. Alors, j'ai fermé soigneusement les portes et fenêtres de la maison et, dès le lendemain matin, j'ai mis Marie bien à l'abri chez sa tante au Croisic. Je me suis ensuite rendu chez Pauline Level pour la prévenir du danger qui la menaçait. Mais j'avais beau frapper à la porte de sa maison, elle ne répondait pas. J'avais un très mauvais pressentiment. J'ai attendu la nuit pour pénétrer chez elle par le mur du jardin. Là, j'ai vu que la fenêtre de l'étage était entrouverte et qu'une échelle se trouvait près de l'appentis. Je suis rentré dans la maison et me suis dirigé vers l'unique pièce de l'étage, la chambre de Pauline. Celle-ci se trouvait bien dans son lit mais c'était trop tard : elle était morte. À la voir ainsi, tout portait à croire qu'il s'agissait d'une mort naturelle mais je savais que ce n'était pas le cas. Je devais beaucoup à Pauline : c'était grâce à elle que Marie avait pu être sauvée. Marguerite et elle avaient gardé le secret de la mort de Jeanne et elles l'avaient payé de leur vie. Je ne pouvais pas permettre que ce nouveau crime passe inaperçu, comme cela avait été le cas pour Marguerite. Ça a été très dur pour moi de faire une chose aussi abominable mais j'ai pris un couteau dans la cuisine et je l'ai planté dans la poitrine de Pauline. J'espérais ainsi attirer l'attention de la police sur le fait qu'il y avait bien eu meurtre. Après avoir remis l'échelle à sa place, j'ai déverrouillé la porte d'entrée pour qu'on puisse découvrir le corps plus rapidement.

– Mais, justement, pourquoi n'avez-vous pas prévenu les services de police ?

– Qui aurait cru un vieux bonhomme qui parle d'un esprit revenu d'outre-tombe pour tuer des gens, dix ans après un premier meurtre ? À part moi, il ne restait ni preuves ni témoins.

Guillaume n'insista pas car il savait que Joseph Thibaut avait raison. Assurément, personne ne l'aurait pris au sérieux.

– Qu'avez-vous fait ensuite ?

– Le lendemain soir, j'ai attendu Loïc ici, dans le noir. Comme je l'avais prévu, il est arrivé à la nuit tombée et a été très surpris de me voir devant lui. Pour sûr, il pensait me trouver endormi et m'aurait probablement réservé le même sort qu'à Pauline. Ma vie m'importait peu : je pensais avant tout à Marie, à l'existence qu'elle aurait avec un père criminel et sans scrupules qui dilapiderait tous ses biens. Ah, ce n'était pas ce dont j'avais rêvé pour elle. Après avoir allumé la chandelle, je lui dis de s'asseoir. Il n'avait guère changé. Certes, les traits de son visage s'étaient affermis et ses cheveux avaient foncé, mais il restait toujours aussi séduisant. Qui aurait dit qu'une âme aussi noire se cachait derrière ce visage angélique ? Quand je lui ai demandé les raisons de sa présence, il m'a répondu qu'il voulait récupérer sa fille et l'héritage de ses parents. Il disait qu'il ne craignait pas la justice car dix ans avaient passé et que tous les témoins du décès de Jeanne étaient morts. Il affirmait qu'il trouverait bien un prétexte pour justifier son retour ; ce n'était pas la première fois qu'un marin, que l'on avait cru mort, était rentré chez lui, même longtemps après. Il prévoyait de partir loin d'ici avec Marie dès qu'il aurait empoché le magot.

– J'imagine qu'il vous a dit ce qu'il avait fait pendant toutes ces années.

– Bien sûr. Il m'a raconté que, après son départ précipité du bourg de Batz, il était parti pour Paimboeuf où il s'était engagé comme simple matelot sur « l'Odette », un bateau négrier nantais de 200 tonneaux, qui y faisait escale. Le navire avait vogué vers les côtes d'Afrique, jusqu'à l'île de Gorée, où des centaines de captifs noirs, parqués dans la « maison des esclaves », attendaient d'être embarqués sur des bateaux négriers en partance pour l'Amérique. Une fois le chargement effectué, l'Odette était repartie pour Saint-Domingue pour livrer sa cargaison et récupérer des marchandises : du coton, du café ou des épices. Mais, une fois les transactions faites et le retour amorcé, la frégate s'était fait attaquer par un navire-corsaire anglais non loin des côtes antillaises. Ce genre d'attaque, en plein conflit avec les Britanniques, était chose courante. L'assaut avait été rude et on comptait plusieurs morts et blessés qui avaient été regroupés à l'arrière du bateau. Loïc, qui souffrait d'une plaie au thorax et à la cuisse droite, s'était retrouvé allongé aux côtés d'un jeune sous-officier qui venait de rendre l'âme. Ce sous-officier, il le connaissait, car les deux jeunes gens, du même âge, avaient eu plusieurs fois l'occasion de se parler, mais ce qui frappait avant tout, c'était leur étonnante ressemblance : même taille, même carrure, mêmes cheveux blonds, même allure, même physique avantageux. Seule la couleur des yeux différait : ceux de Loïc étaient verts alors que ceux de Joël étaient marron foncé. Les membres de l'équipage plaisantaient souvent au sujet de cette ressemblance. Ils les auraient volontiers confondus si Joël n'avait pas été mieux habillé, en tant que sous-officier, et s'il n'avait pas porté un baudrier contenant un pistolet destiné à mater les éventuelles rébellions[23]. Dans la tourmente de la bataille, personne ne remarqua l'échange de vêtements et de papiers qu'opéra Loïc Leguern qui devint, de ce fait, Joël Hardouin, sous-officier de marine.

– Mais pourquoi se faire passer pour Joël Hardouin ?

– Eh bien, Loïc savait que Joël conservait des économies substantielles dans sa cabine pour aider sa famille. C'était l'occasion rêvée de se les approprier et d'effacer, du même coup, son passé criminel. Aussi, dès l'échange d'identité, Loïc, malgré ses blessures, s'était traîné jusqu'à la cabine de Joël Hardouin où il n'avait eu aucun mal à dénicher la bourse cachée dans un tiroir secret du bureau et à la subtiliser.

– Ne craignait-il pas que cette famille ne le recherche ?

– Non, car Joël lui avait confié qu'il ne lui restait qu'une vieille mère.

– Que s'est-il passé ensuite ?

– L'Odette, gravement endommagée, a été remorquée par le navire-corsaire jusqu'à Saint Domingue. Loïc, devenu, de fait, sous-officier, prisonnier de guerre, reçut, d'un chirurgien anglais, les soins dus à son rang. Il guérit rapidement de ses blessures et ne mit pas longtemps à s'évader. Il embarqua ensuite sur un bateau hollandais qui l'emmena à Amsterdam. Là, il vécut d'abord de petits boulots sur le port. Un jour, dans une taverne, il rencontra Hans Werner, un capitaine couvert de dettes de jeux, qui cherchait un moyen de se renflouer. C'est alors qu'ils échafaudèrent un trafic de tableaux. Leurs affaires se révélèrent très rentables pendant plusieurs années. Loïc peignait les tableaux et Hans Werner les livrait à des intermédiaires dans la baie de Bourgneuf en même temps qu'il récupérait les cargaisons de sel. Mais, ces derniers temps, Loïc avait eu vent d'une enquête de police qui risquait de le compromettre. Aussi, quand il avait appris que Hans Werner embarquait pour Le Croisic, il s'était dit que le moment était venu de récupérer sa fille et surtout l'héritage de ses parents. Voilà toute l'histoire.

– Mais comment pouvait-il savoir où habitaient Marguerite Pichon et Pauline Level ?

– Il m'a avoué qu'il avait retrouvé secrètement une vieille connaissance qui lui avait fourni toutes les informations nécessaires mais il n'a pas voulu me dire son nom.

– Enfin, de quelle manière en êtes-vous venu à le tuer ?

– Après cette discussion, Loïc a fait mine de partir, puis, arrivé au seuil de la porte, il s'est retourné vivement et m'a sauté à la gorge. J'imagine qu'il voulait m'étrangler puis me pendre à une corde pour faire croire à un suicide. Il pensait bien avoir le dessus sur un vieillard comme moi, mais la pensée de Marie décuplait mes forces. Dans un élan désespéré, j'ai réussi à le faire basculer et à le mettre à terre. Comme nous étions tout près de l'âtre, je lui ai pris la tête et je l'ai frappé violemment et à plusieurs reprises contre le bord de la cheminée. Il est mort de la même façon qu'il avait tué ma Jeanne, et bien mort cette fois.

Guillaume imaginait la scène. Qu'aurait-il fait en pareil cas ? La même chose peut-être si c'était pour protéger son enfant. Il poursuivit l'entretien.

– Mais, comment avez-vous fait pour mettre le corps dans un tas de sel, au Croisic ?

– Au début, je voulais juste creuser un trou dans le jardin et le mettre dedans, ni vu, ni connu. Mais c'était sans compter ce qu'il avait fait à ma fille et aux deux autres femmes. Il fallait que sa mort se voie. Alors, une idée m'a soudain traversé l'esprit. Je lui ai rasé la tête, je l'ai défiguré avec une pierre, sans scrupules, je dois le dire, je l'ai dépouillé de ses vêtements, de ses bagues et de sa boucle d'oreille puis je l'ai traîné jusqu'à ma barque. Il fallait faire vite car le jour arrive tôt, au mois de juin. J'ai traversé le Traict. Il faisait plutôt sombre et, en ces temps de grandes marées, l'eau était très haute, ce qui m'a bien facilité la tâche. J'ai accosté tout doucement au bout de la place de la Motte puis j'ai solidement amarré la barque à chaque bout. Je savais qu'il y avait un mulon prêt à embarquer sur la *Frederika* car je l'avais repéré quand j'étais venu la veille au Croisic. J'ai d'abord fait un trou dans le tas de sel, J'ai ensuite attrapé le corps de Loïc par les pieds et je l'ai hissé sur le quai, je l'ai placé à la verticale dans le mulon puis je l'ai recouvert de sel. Pour finir, j'ai tout remis en place, comme si de rien n'était, avec la pelle que j'avais apportée.

– Mais enfin, pourquoi avoir l'avoir mis là ? N'aurait-il pas été plus commode de le déposer tout simplement sur le port ?

– Vous savez, pour nous, paludiers, le sel c'est toute notre vie ; c'est lui qui nous fait vivre et qui rythme notre existence. Ce qu'a fait Loïc, en tuant ces femmes, c'est une atteinte à l'honneur de tous les travailleurs du sel. Je pense que, au fond de moi, je voulais en faire un symbole. Et puis, il ne fallait pas que les choses soient trop rapides ; il fallait, au contraire, que la police chemine pour bien comprendre le fond de cette malheureuse histoire.

– Et vous auriez laissé le sergent Caray, l'amant de Pauline, se faire pendre alors que vous le saviez innocent ?

– Vous pensez vraiment que j'aurais pu faire une chose pareille ? Bien sûr que non, j'attendais seulement que vous découvriez la vérité par vous-même pour la rendre crédible. Si vous ne l'aviez pas fait, je me serais dénoncé. Maintenant, s'il vous plaît, donnez-moi cinq minutes pour préparer mes affaires et je vous suis.

Mais le père Thibaud ne suivit pas le commissaire qui le retrouva dans le grenier, pendu à la corde qu'il avait préparée. Étonnamment, ce que Loïc n'avait pas réussi à faire, il se l'était lui-même infligé. À ses pieds, une lettre fermée sur laquelle il était noté que Guillaume devait se rendre chez sa fille au Croisic et lui remettre le pli en mains propres. Un peu plus loin, placé bien en évidence, Guillaume remarqua un tableau représentant une très jolie jeune femme aux cheveux dorés et au regard bleu d'une grande douceur. Ce tableau, signé Loïc Legern, était probablement une des rares marques d'humanité que le jeune homme avait laissées derrière lui.

Le commissaire Fleury devait informer son supérieur, Monsieur de Plusquepoix, de l'issue de l'affaire. La nouvelle fit grand bruit. Le sergent Caray fut libéré, charge à lui de reconstruire sa vie après ce terrible drame. Quant au sort de Hans Werner, toujours en fuite, il était désormais entre les mains de la police hollandaise.

Avant de retrouver le fief de la sénéchaussée de Guérande, Guillaume se rendit chez les Calvé pour prendre congé et les remercier de leur hospitalité. Avant les derniers adieux, il remit à la maîtresse de maison une caisse de bouteilles de champagne qu'il avait fait venir tout spécialement de Reims. Puis il s'achemina vers la maison de la fille de Joseph Thibaud et lui remit la lettre. Elle la lut et lui demanda d'attendre un petit moment. Elle revint, suivie de Marie, et dit :

– Dans ses dernières volontés, mon père a souhaité que vous vous occupiez de Marie. Comme il me l'avait demandé, je lui ai raconté toute l'histoire car il ne voulait rien lui cacher. Il faudra juste un peu de temps pour apaiser son chagrin. Père a même fait les démarches auprès d'un notaire ; il espérait tellement que vous acceptiez. Moi, je l'aurais bien gardée, mais j'ai déjà cinq enfants. Vous savez, cela va peut-être vous étonner, mais Père savait dès le début ce qu'il faisait. Il vous a jugé au premier coup d'œil ; il a tout de suite compris que vous étiez un homme droit et honnête et qu'il pouvait vous laisser Marie en toute confiance.

L'histoire de Joseph Thibaud avait fortement ému la population. Ainsi, le Sénéchal reçut-il plusieurs délégations de villageois demandant que la sentence habituellement infligée aux suicidés, à savoir confiscation des biens et pendaison publique du cadavre, ne soit pas appliquée dans cette situation. Leur vœu fut exaucé, le sénéchal ne souhaitant pas se mettre à dos toute la communauté des paludiers. Et puis, justice était faite. Mais l'Évêque de Nantes refusa catégoriquement que Joseph soit enterré au cimetière, aux côtés de son épouse et de sa fille Jeanne. Ironie du sort, sa dépouille fut jetée, en même temps que celle de Loïc, dans la fosse commune du Bourg de Batz.

Comme il se doit, Henri Le Peley, en tant que premier magistrat de la sénéchaussée, reçut tous les honneurs pour la façon remarquable dont l'affaire avait été menée. De leur côté, les notables du Croisic pouvaient se targuer d'avoir largement participé à la résolution de l'affaire, ce qu'ils firent savoir haut et fort notamment au duc de Penthièvre, lieutenant général du Parlement de Bretagne. Quant au commissaire Fleury, véritable héros de l'histoire, il ne reçut que quelques remerciements. Il en avait l'habitude, c'était toujours ainsi. Tout cela, il le savait, n'était qu'une vaste mascarade, une course pour le pouvoir et la notoriété. Il ne s'en formalisa pas ; ainsi allaient les choses et pour longtemps encore, assurément. En tout état de cause, ce que lui avait apporté cette enquête était infiniment plus précieux que la gloire : il allait enfin panser ses blessures et ouvrir une nouvelle page de son histoire.

« Le bonheur est souvent la seule chose
qu'on puisse donner sans l'avoir
et c'est en le donnant qu'on l'acquiert »

Voltaire

Chapitre 20
Épilogue

Le 10 septembre 1770

La ville du Croisic était en fête. En cette agréable matinée de septembre, on célébrait le mariage de Michel Talord et de Jeanne Marquet[24]. Parti de la place Dinan, lieu du rendez-vous, le cortège coloré s'étirait le long des rues. En tête venaient les sonnaux, ces joueurs de bombarde et de biniou qui menaient la procession, suivis de la mariée élégamment vêtue, à la mode de Paris, d'une robe souple en soie rose pastel agrémentée de motifs fleuris, avec de larges plis dans le dos se terminant en traîne. À son bras, Guillaume Marquet, son frère, avait remplacé leur père décédé. Puis, c'était le tour des filles et des garçons d'honneur. Tout ce petit monde portait des rubans et des bouquets, qui à leur chapeau, qui à leur ceinture. Venaient ensuite les parents, les amis, les voisins. On pouvait voir des notables richement vêtus à la manière de Versailles, des gens du peuple, marins, pêcheurs, artisans, commerçants qui avaient ressorti leurs plus beaux vêtements pour l'occasion. Plusieurs couples de paludiers se distinguaient par leurs costumes colorés. Il y avait les femmes avec leur tablier en moire de couleur vive recouvrant une robe sombre égayée par une large collerette blanche posée sur les épaules et une coiffe brodée. Les hommes, eux, étaient vêtus d'une large culotte blanche et d'une chemise couverte d'un gilet marron. Ils portaient sur la tête un grand chapeau de feutre noir orné des rubans multicolores qui, retroussé sur un bord, indiquait leur situation de famille. Une foule d'enfants couraient çà et là, se faufilant de toutes parts dans cette cohorte joyeuse. Tous ces gens n'étaient pas fortunés, loin s'en faut, mais tous avaient un sens inné de la fête et de la tradition.

Le cortège se dirigea vers la chapelle des Capucins où devait se dérouler la cérémonie religieuse et d'où provenait le son joyeux des cloches. Arrivée au niveau de l'église Notre-

Dame-de-Pitié, la procession bifurqua sur la gauche et se rendit tout droit au couvent des religieux. La jolie chapelle, appelée aussi « chapelle des Lauriers », avait été consacrée en 1626 par l'évêque de Nantes, Mgr Philippe de Cospéan et dédiée, par la suite, à Saint Antoine de Padoue.

La chapelle étant trop étroite pour contenir les invités, seuls les proches avaient pu pénétrer à l'intérieur alors que les autres fidèles suivaient la cérémonie par les portes largement ouvertes comme le voulait la loi. Ainsi, on pouvait voir autour du chœur, René de Drézigué avec sa perruque argentée, Michel et Françoise Calvé, toujours aussi élégants, Armand de la Porte accompagné de son épouse, Marie Antoinette, Jean-Baptiste Benoist, avocat à la cour, cousin et témoin de Michel Talord, Pierre Marquet, négociant, deuxième frère et témoin de Jeanne.

Guillaume, qui avait pour l'occasion revêtu une veste et une culotte bleu clair avec un catogan assorti, se tenait debout au fond de la chapelle. À ses côtés, Marie, ravissante dans son chatoyant costume de paludière, suivait avec attention la cérémonie. Michel Talord venait de passer l'anneau au doigt de son épouse, cet anneau, qui, depuis la nuit des temps, symbolisait le cercle de la vie et de l'éternité, quand la fillette glissa sa main dans celle de Guillaume. Ils se regardèrent et le jeune homme perçut dans le vert des yeux de l'enfant toute la profondeur de l'espoir naissant. À partir de ce moment, ils surent l'un et l'autre que leur destin était irrémédiablement lié.

ANNEXES

Lexique

Ankou : personnification de la mort en Basse-Bretagne, son serviteur.

Apparaux : machines implantées sur les navires et dédiées aux opérations de manutentions et aux manœuvres.

Brai : résidus pâteux de la distillation de la houille ou du pétrole. Servait à calfeutrer la coque des navires pour les rendre étanches.

Calfat : ouvrier qui calfate un navire.

Capitation : créé en 1695, cet impôt devait toucher toutes les classes sociales. Il fut augmenté du dixième puis par le vingtième en 1749. Impôts récoltés par les égailleurs.

Chambres : petits bassins protégés par les jonchères et qui servent à amarrer des bateaux.

Chirurgien-juré : au XVIIIe siècle, chirurgien qui pouvait être appelé pour effectuer une autopsie.

Cobier : bassin de décantation qui suit la vasière. Moins profond que celle-ci, il assure une décantation secondaire et permet d'entamer le processus d'évaporation.

Commis aux devoirs : inspecteurs chargés de récolter les impôts sur le vin.

Consul : au Croisic, représentant de pays européens pour faciliter les relations commerciales.

Devoirs : en Bretagne, droits perçus sur les vins et sur le détail des ventes d'alcool.

Épopée de Gilgamesh : récit légendaire de l'ancienne Mésopotamie (XVIIIe siècle avant J.C) dans lequel Gilgamesh part à la recherche de l'immortalité.

Étier : chenal étroit contenant de l'eau provenant de la mer.

Fards : bassins d'eau rectangulaires peu profonds qui permettent l'augmentation de la salinité de l'eau de mer dans la saline.

Flûte : bateau de transport courant dans les flottilles commerciales hollandaises aux XVIIe et XVIIIe siècles.

Gabare : bateau à faible tirant d'eau utilisé en presqu'île guérandaise pour évacuer le sel des lieux de production et approvisionner les navires au mouillage dans le port. Il pouvait également servir à évacuer le lest des bateaux.

Gabarier : personne qui manœuvre la gabare.

Gède : récipient rond en bois tourné qui servait au portage du sel. Plus tard, il prendra la forme d'une pyramide tronquée avant d'être remplacé par la brouette.

Jonchères : au Croisic, ilots formés par les dépôts du lest des navires.

Las ou lasse : sorte de râteau plat muni d'un long manche flexible de cinq mètres de long qui sert à récolter le gros sel.

Lousse à sel blanc : outil composé d'une mince planche ou maille et d'un manche chevillé en oblique qui set à ramasser la fleur de sel.

Marguiller : laïc chargé de l'entretien de l'église et de l'administration des biens de la paroisse.

Miseur : personne qui avait la charge des recettes, impositions et dépenses d'une ville.

Mouët : mesure en bois posée sur six pieds galbés qui servait à évaluer le poids du sel.

Mulon : tas de sel formé par le déchargement journalier du sel provenant de la ladure.

Œillet : bassin rectangulaire où se cristallise le sel et où l'on procède à son ramassage.

Paludier : personne qui récolte le sel dans les marais salants.

Porteresse ou porteur : personne qui effectuait le portage du sel à l'aide d'une gède.

Presse de sardines : moyen qui permettait de conserver les sardines grâce à un système de presse et qui fut employé jusqu'à la mise en place, au XIXe siècle, des conserveries suite à la découverte de l'appertisation par Nicolas Appert, technique développée par Joseph Colin.

Procureur du Roi syndic : personne chargée de défendre les intérêts du roi et du public.

Rayer une vasière : enlever la vase qui s'est déposée dans les rais sur le pourtour de la vasière, pour permettre une bonne circulation de l'eau.

Rogue : œufs de morue fortement salés importés de Norvège qui servaient d'appâts dans la pêche à la sardine.

Salgaies : planchettes de bois biseauté tenues dans chaque main qui permettaient de charger la gède et de nettoyer la surface de la ladure.

Saunier : dans la Presqu'île guérandaise, personnes qui commercialisaient le sel. À l'époque, ils équipaient mules et petits chevaux pour vendre le sel dans les paroisses le plus reculées. Ils l'échangeaient contre du blé, du lin ou de la cire et revendaient les denrées dans les villes de passage.

Sel menu appelé aujourd'hui fleur de sel ou sel blanc : fine couche de sel qui se forme à la surface de l'œillet récupérée à l'aide d'une lousse.

Siège de gabare : emplacement en glaise ou maçonné sur la digue du Traict ou dans les étiers pour amarrer les gabares.

Torche : morceau de toile ou de serpillère entortillée maintenu sur la tête par un lien passant sous la nuque et servant à protéger la tête du porteur ou de la porteresse.

Traict : vaste bassin intérieur alimenté par la mer.

Trémet : plateforme sur la saline où l'on dépose le sel pour former un mulon.

Vasière : bassin de décantation profond de plusieurs dizaines de centimètres.

Unités de mesure :
1 pouce = 2,707 cm
1 pied du roi = 32,484 cm
1 toise = 1,949 m
1 lieue = environ 4 kilomètres
1 livre = 489,506 grammes
1 muid = 2,713 tonnes
1 mouët : 2 hectolitres

(Le mètre est apparu en 1791)

Notes de l'auteur

Notes se rapportant à des faits, lieux ou anecdotes ayant réellement existé

1 – Pour les besoins de l'histoire, le tas de sel dans lequel on a retrouvé le cadavre se situe sur la place de La Motte. Dans la réalité de l'époque, il aurait plutôt été mis sur la Grande Jonchère.

2 – À partir de 1808, l'opération de chargement des bateaux fut contrôlée par un préposé aux douanes.

3 – La lettre de René David de Drézigué, maire du Croisic, au duc de Penthièvre, Intendant de Bretagne, affirmait : « *Je vais tenir la main à ce qu'il y ait une bonne police dans la ville* ». Diplo-

mate avisé, il précisait toutefois que les juges de Guérande ne seraient pas exclus, « *mais comme ils ne la font point (la police) et qu'il leur serait difficile de la faire en regard à l'éloignement et aux différentes circonstances qui y arrivent...* ». David de Drézigué rappelait, dans ce courrier, que l'arrêt de 1723 puis un autre de 1735 accordait ces pouvoirs au maire.

4 – Au XVIIIe siècle, porter une bague montrait, de façon ostensible, que les mains restaient oisives.

5 – La rue Notre Dame s'appelle aujourd'hui la rue de l'Église.

6 – Si la description de la maison correspond à la réalité, rien n'atteste qu'il y ait bien eu une chambre au rez-de-chaussée.

7 – Il existait des prostituées au Croisic et au Pouliguen comme en témoigne un document d'archives de 1779.

8 – Le marché avait lieu tous les samedis et les mercredis.

9 – Cette stèle a disparu en 1883 quand on transforma la maison où elle était accolée.

10 – L'affaire de blé mouillé a été jugée par la sénéchaussée de Guérande le 23 juin 1770 et a été gérée par le commissaire Michel Talord du Croisic.

11 – Le plan de la ville et du port du Croisic a été levé en 1770 par les sieurs Ogée, David et Forestier de Villeneuve. Le conseil de la ville en fait état dans sa délibération du 11 mai 1770.

12 – Pierre Bouguer : voir Mathieu Papin et l'école d'hydrographie.

13 – L'épopée de Gilganesh : récit légendaire de l'ancienne Mésopotamie (XVIIIe siècle av. J.-C.) dans lequel Gilganesh, roi de la ville d'Uruk, part à la recherche de l'immortalité.

14 – Citation effectivement prononcée par le père Cavaro lors d'un sermon rapportée par Juhel Nolwen dans : « La pastorale d'un prêtre breton dans la seconde moitié du XVIIIe siècle : les sermons de René Cavaro de Kergorre, premier recteur du Croisic » – Annales de Bretagne et des Pays de l'Ouest 2003.

15 – Le rapport des chirurgiens-jurés est inspiré d'un texte ayant réellement existé dans le cadre d'une autre affaire.

16 – Jean Thomas a été nommé maître des quais en 1769 par l'amirauté pour assurer la police du port.

17 – Épisode ayant réellement eu lieu.

18 – L'épisode avec M. de Villeneuve concernant la descente de police est véridique.

19 – La stratégie employée pour que la tenancière ouvre son estaminet a été utilisée exactement selon le même procédé mais à une date différente.

20 – Vol d'étoffes dans les magasins du régiment du Berwick établi au Croisic en 1770 pour un montant de 6 000 L.

21 – Mesnier Jean (1664 – 1729) : curé d'Étrépigny dans les Ardennes, c'est un prêtre et philosophe des lumières. Son existence a été connue par la publication en 1762 par Voltaire de textes dans lesquels le curé professait avec détermina-

tion son athéisme et se livrait à une critique radicale des injustices de la société de son temps. La pensée de Meslier annonçait la Révolution Française, mais aussi le socialisme et le communisme. On peut même voir, sur un obélisque des penseurs socialistes dans le jardin Alexandrowski à Moscou, le nom de Meslier en 7e place.

22 – « Bijou » était le nom du cheval de Jean Monfort, de Trégaté, dernier paysan paludier du XXe siècle à ramasser le goémon avec une charrette.

23 – Au XVIIIe siècle, seuls les marins de la Royale portaient un uniforme ce qui n'était pas le cas pour les officiers de la marine marchande. Ils étaient souvent mieux habillés que les simples matelots car la solde de leur grade leur permettait de se vêtir convenablement. Ils portaient également un baudrier destiné à porter une arme, épée ou pistolet, leur permettant d'intervenir en cas de rébellions relativement fréquentes (manque de nourriture, d'eau, de vin, de rhum…).

24 – Le mariage de Michel Talord et de Jeanne Marquet a bien eu lieu le 10 septembre 1770

dans la chapelle des Capucins du Croisic. Leurs témoins étaient respectivement Jean-Baptiste Benoist, avocat à la cour, et Pierre Marquet, négociant. Cette cérémonie, telle qu'elle est décrite dans le roman, a été calquée sur les mariages traditionnels de Batz ou du Croisic, mais aucun document n'atteste qu'elle se soit passée exactement de cette manière dans le cas qui nous occupe.

Notes concernant l'organisation de la sénéchaussée de Guérande

C'est en 1371 que la sénéchaussée de Guérande prit son indépendance par rapport à celle de Nantes dont elle dépendait jusque-là.

La sénéchaussée était un tribunal royal. À la fin de l'ancien régime, la justice était devenue une expression de la souveraineté du roi. La compétence judiciaire de cette juridiction était de droit commun au civil comme au pénal. Le territoire de la sénéchaussée, appelé « ressort », était constitué à l'époque de 13 paroisses : Asserac, Batz, Le Croisic, Escoublac, Guérande, Herbignac, Mesquer, Montoir, Piriac, Saint-André, Saint-Lyphard, Saint Molf et Saint-Nazaire. Les moyens d'action du sénéchal étaient essentiellement « le siège » au sens du lieu où s'exercent les activités capables de « faire droit ». Il avait également pour charge de viser chaque année les registres paroissiaux.

Le tribunal royal de la sénéchaussée était le plus important en termes d'influence et de prérogatives. Il restait néanmoins en concurrence avec les justices ecclésiastiques et seigneuriales.

Au XVIIIe siècle, les procès se déroulaient au-dessus des halles à Guérande. Les locaux n'appartenaient pas au tribunal de la sénéchaussée mais à l'évêque de Nantes qui, en raison de son régaire, en assurait l'entretien.

Officiellement, les officiers de la sénéchaussée étaient institués par le souverain. Ils jouissaient de privilèges (immunité, franchises, exemption de droits et d'impôts).

Le sénéchal était l'officier du roi le plus éminent de la juridiction. C'était le premier magistrat du siège royal et, à ce titre, c'était à lui qu'incombait la tâche de rendre le jugement. En 1770, le sénéchal était Henri-Joseph Le Peley, seigneur de Villeneuve. Il était assisté du personnel judiciaire suivant :

– **Un alloué**, Gabriel-Honoré Vrignaux de Plusquepoix, principal assistant du sénéchal.

– **Un lieutenant**, Yves Payen, seigneur de Trohudal, dont la mission était de suppléer le sénéchal dans son administration.

– **Un procureur du roi**, Mathieu Rouaud de la Villemartin, chargé de défendre les intérêts du roi et du public.

– **Un lieutenant général de police**, également alloué, Gabriel-Honoré de Vrignaux de Plusquepoix.

– **Un greffier civil et criminel**, Jean-Baptiste Duvivier fils, qui rédige les actes judiciaires et veille à l'archivage des documents.

– **Deux huissiers audienciers**, chargés d'assister les magistrats aux audiences, d'y maintenir l'ordre.

– **Des sergents** à qui sont confiés l'exécution des sentences et le recouvrement des amendes.
– **Des huissiers-audienciers** qui assistent les magistrats.

– **Des notaires** qui devaient laisser examiner les actes par les officiers de la sénéchaussée. En 1770, on note MM. Monnier, Hardoin, Poulard, le Borgne et Brachu.

– **Un receveur** chargé de percevoir la recette ordinaire et de payer les dépenses.

Notes précisant la mise en place de la charge de lieutenant général de police

Pour résoudre la question du désordre de la capitale, le roi Louis XIV mit en place un conseil de réforme de la police en 1667. Les travaux menés par Colbert aboutiront à la création d'une charge de lieutenant de police appelé, à partir de 1674, lieutenant général de police, au sein du tribunal royal du Châtelet. Il avait à la fois des pouvoirs judiciaires et des pouvoirs administratifs. En tant que juge, il tenait chaque semaine une audience de police. Les auxiliaires directs du lieutenant de police étaient les commissaires de police du Châtelet désormais utilisés efficacement. Ces commissaires étaient eux-mêmes assistés par quelques exempts, sergents et huissiers. En outre, ils étaient secondés par des inspecteurs de police qui tenaient leurs informations de nombreux indicateurs appelés « mouches ».

L'édit d'octobre 1699 mit en place, sur le modèle parisien, un lieutenant général de police dans « *chacune des villes et lieux de notre Royaume, pays, terres et seigneuries de nostre obéissance, où il y a parlement, cour des aydes, chambre des comptes, sièges présidiaux, baillages, sénéchaussées ou autres juridictions royales* ».

Les dispositions prises par l'édit d'octobre 1699 seront complétées en novembre par un second texte qui mit sous les ordres du lieutenant général un ensemble d'officiers chargés de le seconder. Ces nouveaux officiers étaient ceux de procureur du roi, greffiers, huissiers et commissaires de police.

Le lieutenant général de police était le premier magistrat spécialisé dans l'exercice de la police, mission qui était alors beaucoup plus vaste qu'aujourd'hui. Elle concernait la religion, les mœurs, la santé, la voirie, l'acheminement des marchandises, la sécurité publique…
En 1770, à la sénéchaussée de Guérande, c'est Gabriel Honoré de Plusquepoix qui occupait ce poste depuis 1756.

Pour en savoir plus sur les personnages ayant réellement existé

René DAVID
sieur de Drézigué
(1725 – 1793)

René David de Drézigué, armateur, né en 1725, est issu d'une ancienne famille croisicaise. Il est successivement marguiller de l'église Notre Dame de Pitié en 1755, puis maire de la ville et communauté du Croisic de 1762 à 1782 et de 1785 à 1788. Il est également député aux États de Bretagne pendant ces deux périodes, puis procureur syndic alors que la révolution commençait. Ne pouvant approuver l'aggravation de la persécution religieuse, il présente en 1791, sa démission de procureur.

Il épouse en premières noces le 20 janvier 1757 Marie-Jeanne Toussaint de Parbostec et en secondes noces, le 11 mai 1779, Charlotte Huet de la Guérivais dont il aura deux enfants, René Salomon et Marie Henriette.

Ses actions sont multiples :

– Il entreprend les difficiles négociations avec l'évêque de Nantes pour que l'église du Croisic soit séparée de celle du bourg de Batz dont elle n'était qu'une succursale. Celle-ci fut érigée en paroisse indépendante le 17 octobre 1763.

– Il mène pendant trente ans une action pour redonner au Croisic un dynamisme qui s'était érodé depuis la fin du XVIIe siècle, notamment en faveur d'une rénovation du port qui s'était dégradé.

– Il intervient pour que Le Croisic obtienne le droit de retourner pêcher la morue sur les bancs de Terre-Neuve.

– Il porte secours à la population lors des épidémies qui ravagèrent la presqu'île à cette époque. Il fit venir des médecins, des remèdes, organisa les soins et fit distribuer les des secours et des repas.

Il sera fusillé contre le mur du cimetière près de l'église le 29 octobre 1793 pour avoir reçu le chef des insurgés, Gueriff de Lanouan, et avoir participé à l'organisation d'une nouvelle municipalité royaliste. D'autres furent également exécutés : Guillaume et Joseph Dupré, Lelantier, Gabriel Larragon, Dominique François, dit Bétacle.

Michel Calvé de Barjulé seigneur de Sourzac (1700 - 1791)

Né le 22 février 1700 au Croisic, Michel Calvé est, avec son frère René, un des plus actifs et des plus influents négociant croisicais. En 1744, lors de son mariage avec Françoise Le Bessou de Tesson (1716 - 1790), il déclare posséder près de 85 000 livres en avoir personnel, une petite fortune en grande partie constituée par le commerce du sel. La famille Calvé habite un hôtel particulier du XVIIe siècle dans la rue du Pilori héritée de Pierre Calvé de Sourzac, capitaine de vaisseau. Michel Calvé continue par la suite à se constituer un important capital foncier en salines et devient finalement banquier. Il investit également dans la terre, achetant en

1744 les métairies de Ville-James en Guérande et de la Lande en Escoublac. Il décédera en 1791 à l'âge de 91 ans.
Les Calvé auront six enfants. Deux d'entre eux vont participer en 1793 à la rébellion royaliste. Il s'agit de Michel François, chevalier, né le 11 février 1746, ancien lieutenant dans les chasseurs à cheval, époux de Louise Le Trelles, décrit comme « très maigre, asthmatique, nez long, yeux creux, jambes maigres » et de son frère, Pierre Calvé de Morinay et de Barjulé, né le 25 février 1756, officier au régiment de Rohan-Soubise, époux d'Ursule Bocandé, décrit comme possédant une « belle figure, très haute ». Les deux frères s'exilent à cause des événements et l'hôtel particulier est vendu comme bien national. En 1796, Michel François Calvé de Sourzac récupère la demeure.
En 1845, celle-ci passe par héritage à sa sœur, Marie Françoise Calvé, mariée à Charles Chanu de Limur, lieutenant de vaisseau domicilié à Vannes. En 1857, elle échoit à leur fils, Michel Chanu de Limur. En 1874, l'hôtel est vendu à Charles Jacques, peintre animalier, qui engage des travaux de rénovation et la revend en 1881

à Charles Bouteiller qui y ouvre un hôtel de voyageurs appelé « hôtel d'Anjou ». En 1898, M. Huchet le reprend et le renomme « hôtel des Étrangers ». Cet établissement sera longtemps un des plus importants du Croisic car il rassemble à la fois l'hôtel Limur mais aussi, à partir de 1927, une partie de la grande maison située au 11, quai de la petite chambre (l'hôtel « Le Bretagne »).

René Cavaro de Kergorre (1708 – 1789)

René Cavaro de Kergorre est issu d'une vieille famille croisicaise. Il est né probablement le 24 novembre 1708 à Guérande. Son père, Mathurin Cavaro (1684 – 1729), époux de Renée Guillomart, était procureur au siège royal de Guérande.
Le 5 mai 1763, quand la paroisse se sépare de celle du bourg de Batz, René Cavaro devient le premier recteur du Croisic. Il y restera jusqu'à sa mort en 1789, soit 26 ans, s'acquittant avec soin de sa tâche administrative et pastorale. Il montrera un dévouement total à la paroisse à laquelle il est très attaché.

Se situant dans la ligne classique du catholicisme, il prêche alternativement une « pastorale de la peur » et un discours destiné à rassurer ses fidèles. C'est un homme manifestement très cultivé se montrant malgré tout sensible aux courants de pensée qui se développent dans la deuxième partie du XVIIIe siècle avec les idées des lumières. Il fait référence, notamment, à la notion de bonheur que seule la religion est capable d'apporter, dans l'au-delà, évidemment.

Le père Cavaro a constitué un recueil de manuscrits de 119 sermons répartis en 678 pages, rédigé entre 1765 et 1768. Il y développe un discours traditionnel, solidement ancré dans la doctrine catholique héritée des siècles précédents. Il s'est cependant toujours montré proche de ses paroissiens. Son cas est représentatif de l'attachement de la population bretonne à son clergé, attachement qui s'est visiblement manifesté pendant la Révolution.

Mort le 6 novembre 1789 dans sa maison de famille située rue de l'église, René Cavaro n'aura pas à subir les effets de la persécution religieuse. Son successeur, Julien Crossay, et ses deux vicaires, refuseront de prêter serment et s'expatrieront. Le 12 juin 1791, un ancien carme déchaussé de Vannes sera élu curé constitutionnel du Croisic. C'est en 1802 que le culte sera enfin rétabli avec le retour d'Espagne du curé Julien Crossay, treize ans après son départ forcé.

Famille du Bochet de la Porte

La famille Du Bochet, dont voici quelques personnages, a joué un rôle important dans la vie de la commune du Croisic :

– **Jean du Bochet** (père), né le 13 septembre 1690, négociant**, marguiller** du Croisic, marié à Jeanne Yviquel et mort le 12 juin 1742.

– **Jean-François du Bochet** (fils de Jean), né en 1718, négociant, marié à Jeanne Hervouet, mort le 30 décembre 1793.

– **Joseph Armand du Bochet (**frère de Jean-François), né le 11 septembre 1720, marguiller puis **commissaire de police**, marié le 22 avril 1754 à Renée Antoinette Bourdic, veuve.

Enfants tous trois morts en bas âge. Décédé le 27 décembre 1773.

– **Augustin du Bochet** (frère de Joseph-Armand), né le 9 décembre 1721**, procureur du roi syndic**, marié le 06 février 1748 à Jeanne Le Hir.

– **Charles du Bochet** (frère d'Augustin), né en 1729, **marguiller** et négociant, marié à Élisabeth Pellerin.

La famille du Bochet a possédé l'hôtel d'Aiguillon pendant cent trente-neuf ans. Leur descendante, Marguerite de Calbiac, ayant quitté Le Croisic, proposa de céder l'immeuble à la ville pour en faire un hôtel de ville. La transaction aboutit favorablement et l'édifice deviendra mairie, après travaux de restauration, de 1908 à 2009. Cet hôtel particulier, revendu par la municipalité du Croisic, devrait être transformé en immeuble d'habitation, retrouvant ainsi sa destination d'origine, après des travaux conformes à un cahier des charges strict et respectueux du caractère historique de cette superbe demeure.

Michel Talord
1721 - 1786

Né le 11 mai 1721, au Croisic, de Thomas Talord, capitaine de vaisseau et de Marie Guerneau de Kercandon. Il est le quatrième d'une fratrie de six enfants (5 garçons dont un mort en bas âge et une fille). Il se mariera le 10 septembre 1770 avec Jeanne Marquet. Ils auront une fille, Marie Magdeleine, née le 20 juillet 1780. Michel Talord décédera au Croisic le 24 mars 1786, à l'âge de 65 ans.

Henri-Joseph le Peley,
sieur de Villeneuve
(1737 - 1799)

Le 3 février 1762, Henri-Joseph Le Peley de Villeneuve épousait en la chapelle de l'hôpital général de Guérande, Françoise-Marie Le Texier, 17 ans. Son installation au titre de Sénéchal s'effectua le 27 juin 1767. Monsieur l'alloué, Gabriel-Honoré Vrignaud de Pluquepoix présidait, tandis que le maire de Guérande, Maitre Tiffoche, lisait officiellement les lettres

de provisions reçues par le nouveau promu. Le même jour, l'abbé Broussard, vicaire de la paroisse Saint Aubin, baptisait et inscrivait sur le registre le premier garçon après trois filles, d'un homme heureux : noble maistre Henri-Joseph Le Peley de Villeneuve, écuyer, conseiller du roi, sénéchal en cette ville.
C'était un homme actif, omniprésent, qui se rendait lui-même sur place pour régler les litiges. Il tranchait, ordonnait, décidait de la répartition des tâches et des frais.
Le 17 aout 1772, il se remaria avec Anne-Marie Busnel, veuve de Louis-François de Fouche, châtelain de Careil.

Henri-Joseph Le Peley eut un destin peu banal : il fut tout à la fois sénéchal de Guérande durant 23 ans (il signa sa dernière audience en qualité de sénéchal le 29 novembre 1790) incarnant le pouvoir royal, et le président du tribunal du district durant la Convention Nationale, serviteur représentant du nouveau régime. Après le procès de Carrier et le retour à la normalisation, il deviendra bureaucrate.
Au recensement de 1796, il habitait une belle maison du XVIIe siècle, située à l'angle de la rue

de Saillé et de la rue Sainte-Catherine, avec sa fille Gabrielle (née de son premier mariage) et son fils Alexandre (né de son second mariage) et une domestique. Il mourut dans cette maison à l'âge de 62 ans.

Gabriel-Honoré Vrigaud de Plusquepoix 1722-1794

Il est né vers 1722 à Saint-Philibert-de-Noirmoutiers. « Plus Que Poix » est le nom d'une terre située sur Sainte Croix de Machecoul.
En 1759, alors âgé de 37 ans, il est conseiller du roi, alloué de la sénéchaussée de Guérande et lieutenant général de police de la ville depuis 1756. Il devient maire alternatif avec Jean-Baptiste Duvivier de 1762 à 1764, puis maire à part entière de 1764 à 1765. Il troquera un deuxième mandat de 1776 à 1779. Il est alors domicilié en la paroisse de Sain-Aubin de Guérande. Il se marie le 30 mai 1759 avec Perrine Van Den Boshe de dix ans sa cadette.
En avril 1776, il est propriétaire d'une maison appelée la « Vairie » sur la commune du Loroux Bottereau dont son fils, Honoré Vrignaud, deviendra maire en 1790.

En avril 1790, il est l'un des administrateurs des trente-six membres du conseil d'administration du département. Il décède le 17 décembre 1794 à l'âge de 72 ans.

Pierre Gaudin

Né le 29 décembre 1724, au Pouliguen, d'une famille de négociant en sel, Pierre Gaudin habitait en lieu et place de l'actuelle place Saint Yves. Sa vie quotidienne, racontée par le jeune anglais Thomas Commins, venu au Croisic à l'âge de treize dans le cadre d'un échange linguistique, était réglée de façon régulière. Il se levait à six heures, lisait sa gazette pendant une heure puis passait une autre heure dans son bureau. À huit heures, la famille se rassemblait dans le salon pour le petit déjeuner (une grande pièce sans tapis avec un meuble en acajou) puis chacun vaquait à ses occupations. À midi, M. Gaudin se rendait régulièrement place Dinan à l'hôtel de ville pour discuter des nouvelles avec les autres notables. À treize heures, c'était le déjeuner pour tous (une soupe, six plats, du vin de pays). L'après-midi se déroulait dans le pavillon de jardin, non loin du couvent des Capucins ; M. Gaudin pouvait y être rejoint par des amis pour jouer aux cartes. Sa femme recevait ou allait à des réceptions.

La maison de M. Gaudin fut rasée en 1909. Quant à son pavillon de jardin, beaucoup le connaissait il y a peu de temps sous le nom de « maison de l'aumônier ». Il a été rasé ces dernières années pour créer un parking en bas de la rue Laënnec. *(Texte tiré d'un document rédigé par Laurent Delpire pour la revue Le Croisic Mag de juin 2011).*

Pierre Gaudin était l'associé et, à priori, l'oncle par alliance, de Julien-Joseph Charrault. Ils étaient les correspondants de Jean Bocquet et des sieurs Jean et Christian Van Tarlink, négociants d'Amsterdam. Pierre Gaudin était également correspondant de Nicolas Sranberg, marchand d'Uddevalla en Suède. De son côté, Julien-Joseph Charrault représentait la veuve Tollenard de Nantes, mandataire de de Votrach Van Olthen, suédois de Göteborg.

Éric Gardeman
1731-1799

Éric Gardeman fut consul de Suède en poste au Croisic dès 1756. Il fonda une société d'import-export avec **Jean Bocandé, sieur de Kerolland**. Ils importaient essentiellement de la rogue qu'ils revendaient dans les ports bretons (Port-Louis, Concarneau, Belle-Ile...) et des mâts de sapin pour la construction navale. La société exportait pour le compte des marchands suédois, du sel mais aussi du café, du vinaigre, des vins du Pays nantais et des eaux-de-vie, souvent distillées au Croisic, ainsi que des bouchons. (Informations tirées de « *La Bretagne des Marais Salants* » de Gildas Buron).

Éric Gardeman se maria le 28 février 1774 avec Renée Marie du Bochet, fille d'Augustin du Bochet, procureur du roy syndic. L'acte de mariage, célébré en la chapelle des Capucins du Croisic, précise :... « *Après abjuration de l'hérésie de Luther entre...* ». Ils auront trois filles : Marie-Augustine, née en 1774, Marie-Jeanne, née en 1776 et Esther Sophie qui mourra à l'âge de huit semaines, le 7 août 1779, Éric Gardeman décédera le 21 septembre 1799, à l'âge de 68 ans, dans sa maison place Boston (nom donné à l'ancienne place de la Motte).

Jean-François Bocandé

Né le 28 septembre 1736, Jean-François Bocandé est issu d'une famille influente du Croisic. Il est le fils de Pierre (1695 - 1779), interprète des langues étrangères et de Jeanne Adrienne de Lespine. Son oncle, Jean-Baptiste Bocandé de Kerollan (1714 - 1780), fut marguiller puis miseur à la communauté du Croisic. Jean-François suivit les traces de son père et devint à son tour interprète. Il épousa, le 10 septembre 1787, Renée Jeanne Victoire de Ruays de la Briandrière. Ils n'auront, à priori, qu'un seul fils, François-Alexis. Ils demeuraient dans le quartier Saint-Christophe.

Le nom de Kerollan provient du manoir du même nom, situé sur la commune de Guérande, au nord de celle-ci, sur la route de Mesquer. Il a été acquis en 1742 par Jean Bocandé, capitaine de navire et miseur de la commune du Croisic et son épouse Ursule le Mauguen.

Il passera ensuite dans la succession de Pierre Jean Guillaume Clavé, après son mariage avec Jeanne Magdeleine Ursule Bocandé, le 10 janvier 1786.

Mathieu Papin
1725 - 1788

Mathieu Papin fut professeur à l'école d'hydrographie du Croisic de 1764 jusqu'à son décès le 16 février 1788 à l'âge de 63 ans.
Cette école, dont la vocation était de former des capitaines de navires et des maîtres de barques, a ouvert ses portes le 1er juin 1691. Le premier professeur fut l'ancien pilote et hydrographe Jan Bouguer. En 1714, à la mort de Jan, c'est Pierre, son fils, esprit des plus brillants, célèbre par ses ouvrages scientifiques, qui lui succéda. En 1730, c'est Jan, le frère de Pierre qui conserva le poste jusqu'à sa mort en 1755. Le premier professeur qui succéda aux trois Bouguer fut Jean Digard de Kerguette (1717 - 1802). Il exerça sa fonction de 1755 à 1764. Mais il lui fut reproché d'accorder trop d'importance à la

théorie par rapport à la pratique. Il fut nommé à Rochefort en 1764, date à laquelle Mathieu Papin prit ses fonctions.

Ce dernier donna toute satisfaction. Il était marié à Élisabeth Jégo avec qui il eut cinq enfants, trois garçons et deux filles. L'un de ses fils, Jean, périra noyé à l'âge de 11 ans et Michel deviendra capitaine de navire. Quant au troisième, on retrouve dans les registres des matricules, la trace de René Papin, marin, âgé de 15 ans, fils de l'hydrographe du Croisic, s'embarquant sur le Saint Honoré en octobre 1785.

Après le décès de Mathieu Papin, c'est Christophe-Martial Simonin (1763 - 1851) qui fut nommé à ce poste de 1791 à 1793, puis de 1799 à 1831. L'école d'hydrographie du Croisic ferma ses portes en 1880, après 189 ans d'enseignement de qualité donné par des professeurs émérites. En 1897, une École Professionnelle Maritime, située place d'Aiguillon, destinée à la formation des marins pêcheurs, ouvrira ses portes.

Emmanuel-Armand de Vignerot

du Plessis-Richelieu
Duc d'Aiguillon
(1720 – 1788)

Homme d'État né à Paris le 31 janvier 1720, arrière-petit-neveu du cardinal de Richelieu. Il entre dans l'armée à 17 ans et devient colonel de régiment de Brie à 19 ans puis maréchal de camp en 1748. Il se marie en 1740 avec Louise Félicité de Bréhan ; ils auront deux enfants.

Le 20 avril 1753, le duc est nommé commandant en chef de Bretagne. En 1758, il bat les Anglais à la bataille de St Cast mais, voulant imposer des taxes royales, il entre en conflit avec le Parlement de Bretagne et plus particulièrement avec le procureur général du Parlement, Louis-René Caradeuc de la Chalotais (1701 – 1785). Le roi soutient le duc et La Chalotais est arrêté le 11 novembre 1765, attisant une forte impopularité des Bretons de Rennes envers le duc.

En 1768, il rentre à la cour où il intrigue pour obtenir le renvoi du duc de Choiseul le 24 décembre 1770. Entretemps, accusé d'avoir accablé La Chalotais, le Parlement de Paris rend à son encontre, le 2 juillet 1770, un arrêt

d'indignité qui sera cassé par le roi Louis XV.
Il est nommé Secrétaire d'État aux Affaires étrangères de 1771 à 1774 puis secrétaire d'État à la Guerre en 1774.
Mais suite, entre autres, à des différends avec la reine Marie-Antoinette, il tombe en disgrâce et est exilé dans son château d'Aiguillon à deux cents lieues de Versailles.
Le duc ne retrouvera pas son influence politique et mourra en 1788.

Antoine de Sartine
1729 – 1801

Antoine de Sartine, né à Barcelone le 12 juillet 1729, est un homme politique français. Il se marie le 9 juillet 1759 avec Marie Anne Hardy du Plessis.
D'abord conseiller au Châtelet de Paris en 1752, puis lieutenant criminel et maître des Requêtes en 1755, il devient lieutenant général de police de Paris en 1759 jusqu'en 1774. Sa magistrature est l'une des plus longues. Il œuvre en matière de salubrité, de propreté ou encore de sûreté dans Paris. On lui doit

des règlements concernant, entre autres, les boucheries de banlieue (1759), les cabaretiers (1761), l'organisation des services de gardes, pompes et sapeurs-pompiers (1767). Il organise en 1771 La Garde de Paris. On lui doit également la construction de la halle aux blés, l'éclairage par réverbères, la création d'une école gratuite de dessin pour les ouvriers. Il passe pour avoir nettement développé une police secrète et les indicateurs. Ses services sont les mieux renseignés d'Europe.
En 1774, il est nommé secrétaire d'État à la Marine jusqu'en 1780. Inquiété par les événements de 1789, il émigre en Espagne où il meurt en 1801 à Tarragone sans revoir la France. Il évite ainsi le sort de son fils unique Charles et de sa bru qui, restés à Paris, seront guillotinés au procès des chemises rouges, le 17 juin 1794.

Nicolas Ruinart
1697-1769

C'est le savant bénédictin, Dom Thierry Ruinart, disciple de Dom Mabillon et collaborateur de Dom Pérignon, qui initia son neveu, Nicolas

Ruinart, à l'art du champagne.
Dom Ruinart, issu d'une famille bourgeoise champenoise pratiquant alors le négoce du drap, comprit vite les enjeux futurs de la production de champagne et de son commerce lors de ses voyages en Europe. Il remarqua l'intérêt grandissant que suscitait ce vin dans les sphères aristocratiques des Cours Royales. Il transmit son savoir et sa vision du commerce du champagne à son neveu Nicolas Ruinart. Mais il faudra attendre l'arrêté royal du 25 mai 1728 pour que le rêve puisse devenir réalité. Par cet arrêté, le roi Louis XV autorisait le transport du vin en bouteille. Avant cette date, le vin ne pouvait voyager qu'en fûts, ce qui était impossible pour le vin de champagne.
C'est ainsi que Nicolas Ruinart fonda, le 1er septembre 1729, la première et la plus ancienne maison de commerce du champagne.
Huit générations de Ruinart se sont succédé depuis 1729 à la tête de la célèbre maison de champagne qui reste, aujourd'hui encore, un fleuron de l'industrie vinicole.

Bibliographie

Aupiais Grégory : « Médecine légale dans la sénéchaussée du Guérande au XVIIIe siècle » Actes du congrès de Morlaix 2002.

Bouvais Claire : « Criminalité et délinquance en pays guérandais de 1675 à 1789 d'après les archives de la sénéchaussée de Guérande » – Mémoire de maîtrise d'histoire moderne. Archives de Vendée.

Buron Gildas : « Bretagne des marais salants – 2000 ans d'histoire » Éd. Skol Ureizh.

Carbasse Jean-Marie : « Histoire du droit pénal et de la justice criminelle » PUF 2009.

Chesnais Ghyslaine : « Emmanuel Armand

d'Agenais, Duc d'Aiguillon et pair de France » Bulletin des Amis du Croisic, n° 17 et 18 années 2010 et 2011.

Condamine (de la) Pierre : « La belle figure et le tragique destin de René David de Drézigué » Bulletin des Amis du Croisic n°2 année 1993.

Delpire Laurent : « Hôtel de Limur » – Bulletin des Amis du Croisic n° 8, année 2001.

Fonds Freslon – Archives du Croisic.

Gmeline (de) Patrick : « Ruinart, la plus ancienne maison de Champagne » Éd. Stock.

Guériff Fernand : « De poudre, de gloire et de misère » – Éd. Bellanger 1980.

Hamon Henri (abbé) : « Le dernier sénéchal de Guérande : Henry-Joseph Le Peley » – Les cahiers du Pays de Guérande n° 40 année 2000.

Registre des délibérations de nobles et bourgeois 1746 – 1793 – Archives du Croisic.
Saupin Guy : « Violence et déviance en

pays guérandais dans la seconde moitié du XVIIIe siècle (1750 - 1780) » - Les cahiers du Pays de Guérande n° 42 année 2000.

Verney Béatrice : « L'établissement de bain de mer Silvain Delsandes 1840 - 1893 ».

Remerciements

Toute ma reconnaissance s'adresse à Bernard Maire pour le temps qu'il m'a consacré et les compétences qu'il a apportées en matière d'enquêtes judiciaires. Elle s'adresse aussi à Laurent Delpire, historien de l'art, pour ses précieux renseignements sur le patrimoine du Croisic ainsi qu'à Gildas Buron, conservateur du musée de Marais salants de Batz-sur-Mer, pour la richesse de ses informations sur l'histoire du sel.

Un grand merci également à Robert Pittini et à Josick Lancien, respectivement président de la société du Croisic et président des Amis de Guérande pour leur écoute et la mise à disposition de documents. Un autre merci à Claude Cistac, un fervent connaisseur de l'histoire du Croisic, pour les recherches qu'il a effectuées en réponse à certaines de mes questions.

Toute ma gratitude à mon fils Xavier Garot, professeur de lettres modernes, pour son avis éclairé ainsi qu'à Marie-Annick Hébel, professeur de français, fidèle lectrice, pour ses encouragements et ses corrections.
Une pensée affectueuse, enfin, pour ma mère, Suzanne Verney, pour son soutien inconditionnel ainsi qu'à toute ma famille et à mes amis.

Table des matières

Geste éditions

Centre routier
11, rue Norman-Borlaug
79260 La Crèche
Diffusion-Distribution : tél. 05 49 05 83 50
– fax 05 49 05 83 52
Éditions : tél. 05 49 05 37 22 – fax 05 49 05 76 20
www.gesteditions.com

Fondée en 1968, l'UPCP (Union pour la culture populaire en Poitou-Charentes-Vendée) défend et promeut la culture poitevine-saintongeaise entre Loire et Gironde. Elle prend en compte les diverses composantes de cette culture, comme la langue régionale, les savoirs et savoir-faire populaires, les coutumes et l'histoire, la vie sociale et économique. Elle revendique auprès des pouvoirs publics une meilleure reconnaissance de l'identité culturelle régionale, comme facteur de dynamisme social et économique. Afin de développer ses propres moyens d'actions, elle a créé Geste éditions (société anonyme).

L'histoire de Geste éditions a commencé en 1992, du tout premier *Bestiaire poitevin* aux actuelles publications universitaires de la collection « Pays d'histoire », un catalogue de plus de 600 titres est né façonnant aujourd'hui une identité culturelle entre Loire et Gironde : récits de vie, parlanjhe, monographies patrimoniales, beaux-livres, carnets de voyages, etc., autant de collections qui témoignent de l'activité humaine en région.

De son nom d'origine, *La Geste paysanne*, la maison conserve sa philosophie humaniste fondée sur l'étude des pratiques populaires, les arts et les sciences du langage. C'est la geste des pays de l'Ouest, source de territoires rêvés et imaginaires, d'une culture régionale révélée.

Parallèlement à son activité éditoriale, Geste éditions s'est spécialisée dans la diffusion de livres auprès des libraires du Centre-Ouest, elle représente désormais près d'une centaine d'éditeurs.

Par ce logo, nous témoignons d'une volonté de réduire les impacts environnementaux liés aux activités de l'imprimerie. Nous choisissons un imprimeur impliqué dans la réduction des gaz à effet de serre.

Le choix de nos papiers assure que la production a été faite à partir d'un produit à base de bois et a suivi le cahier des charges d'une gestion durable des forêts européennes.

Achevé d'imprimer le 20 mars 2015
sur les presses de
La Manufacture - Imprimeur – 52200 Langres
Tél. : (33) 325 845 892

N° imprimeur : 150173 - Dépôt légal : mars 2015
Imprimé en France

Composition : Aurélie Camarasa